琴剑诗系·全国公安实力派诗人丛书

翟营文

诗选

全国公安文联／选编

群众出版社
·北京·

图书在版编目（CIP）数据

翟营文诗选 / 全国公安文联编 . —北京：群众出版社，2015. 6
（琴剑诗系 · 全国公安实力派诗人丛书）
ISBN 978 - 7 - 5014 - 5375 - 7

Ⅰ. ①翟…　Ⅱ. ①全…　Ⅲ. ①诗集—中国—当代　Ⅳ. ①I227

中国版本图书馆 CIP 数据核字（2015）第 134241 号

翟营文诗选

全国公安文联　选编

出版发行：群众出版社
地　　址：北京市丰台区方庄芳星园三区 15 号楼
邮政编码：100078
经　　销：新华书店
印　　刷：北京通天印刷有限责任公司

版　　次：2015 年 7 月第 1 版
印　　次：2015 年 7 月第 1 次
印　　张：8. 5
开　　本：880 毫米 ×1230 毫米　1/32
字　　数：195 千字

书　　号：ISBN 978 - 7 - 5014 - 5375 - 7
定　　价：29. 00 元

网　　址：www. qzcbs. com
电子邮箱：qzcbs@ sohu. com

营销中心电话：010 - 83903254
读者服务部电话（门市）：010 - 83903257
警官读者俱乐部电话（网购、邮购）：010 - 83903253
文艺分社电话：010 - 83903973

目 录

总序 让诗歌成为我们的另一颗心脏 张 策

摒弃空洞的词汇

如果我是 / 003

生命最大 / 005

摒弃空洞的词汇 / 007

我要一块自己的土地 / 009

种一株向日葵 / 011

把我的五脏六腑都震颤了一下 / 012

打马跑过 / 013

幸福就是秋天里的那抹金黄 / 015

下面我们就讲一讲盛大的花事 / 017

大锤小锤的声音都是天籁 / 018

向上，向上 / 019

这一天是甜的 / 022

就只爱这碗大的天空了

我只想月光如清辉 / 025
月光不在的时候，我需要宽恕 / 026
我听见那些草在叫我 / 027
广场 / 029
黄沙坨的回忆 / 030
老人是秋霜中的河山 / 031
多像一个人的嘱托 / 033
农村亲戚 / 035
在黄昏，人们只热爱家乡 / 036
下午时光 / 038
除了写诗，我还能去做什么呢 / 039
有什么会比村庄更久远 / 040

警察这个词汇一定是凸显的

深陷琐碎的幸福之中 / 043
警察 / 045

总会想到向日葵 / 047
就要说到夜晚 / 049
现在，我集合所有的优秀品质 / 051
对一个乡村的回忆点到为止 / 053
有一些细节是可以忽略的 / 054
一开始就是站立的 / 056
真相 / 058
现场 / 060
只关乎花朵和春泥 / 062

为一群人，保留心跳和敬仰

为一群人，保留心跳和敬仰 / 065
一个牢牢握着阳光的人 / 067
在一盏马灯的边上 / 069
守护 / 071
在一种精神里取暖 / 072

春天会找回我挚爱的河山

风吹得心洁净无比 / 075
天池是生命最真实的部分 / 076
福佑 / 078
我和下梅日渐斑驳 / 079
一人一石 / 081
在心上建一座围场 / 083
在玉兰大剧院听交响乐 / 085
漂流是一次深长的呼吸 / 087
想到一个叫信阳的地方 / 089
此刻我只想停下来 / 091
睡在内心深处的风景 / 093
让时光慢下来 / 095
夜色是一个词的内部 / 097
春天会找回我挚爱的山川 / 098
大白丈岩画 / 099
一直在襄阳 / 101

风吹过东北平原 / 102
因为简单更让我专注 / 103
箫声 / 105

无法说出那些人的下落

那个持莲的女子 / 109
我无法说出那些人的下落 / 111
历史之上的形神兼备 / 113
历史闪烁青铜的光芒 / 115
大乐依次响起 / 117
子在川上是一种实质 / 119
竹林的风很瘦 / 120
接受粮食的指引 / 122
叩拜汉字 / 124
被清风临摹 / 126
鹧鸪戏中听取民间 / 128
瑞昌成染坊 / 129

请允许我虚构无数个星空 / 131

春天一样柔软的词汇

落日下的草 / 135
做一株植物是幸福的 / 136
世界最初的样子 / 138
春天一样柔软的词汇 / 139
春天打开一扇门 / 141
春天的汹涌和辽阔 / 143
红灯笼指向日子的深处 / 144
感受一首词的气势 / 146
怀抱古旧的亲切 / 148
嘘，安静 / 149
浅黄色 / 151
我一直想把一首诗写成这样 / 152
一场雨和诵经声恰好暗合 / 154
一只羊究竟有多从容 / 155

民歌流传 / 156
春风沉醉的晚上 / 158
身心净美 / 159
高粱　高粱 / 161
一种叙述是优雅的 / 163

在人群中感知淡淡的光芒

喜欢人多的地方 / 167
在人群中感知淡淡的光芒 / 169
想想与铁有关的言辞 / 170
一个叫廖继冰的人在换变压器 / 172

一个被希望掏空的人

秋分之后 / 177
语言已死去 / 179
光亮 / 180
在春天，我尽量让开道路 / 181

我是一个被希望掏空的人 / 182
把一些细节大而化之 / 184
在“老木头咖啡” / 185
我嗅出了某种气息 / 187
平行线 / 188
强大是可耻的 / 189
一只狼跳出漏洞百出的世界 / 190

完美主义的情人节

去月河取一片月光 / 193
爱情天梯 / 194
完美主义的情人节 / 198
她指给我看迎春花 / 199
执子之手 / 200

敬畏石头

敬畏石头 / 203

牡丹石 / 205
对一座山心悦诚服 / 206
还有谁会比一块煤更加固执 / 207
尊重陶瓷 / 209
珍珠的镇定可以收纳山河的凶险 / 210
紫砂的情怀 / 212
天地间一定举行过一场典礼 / 214
让纯粹覆盖 / 216

下面说到盛大的花事

花朵的赞美声势浩大 / 219
或许暗淡，当被反复提及 / 221
它要擦拭每个夜晚 / 223
一群洁净的人从秋天出发 / 225
桃花的身影不算矜持 / 226
每一朵花都是佛的样子 / 227
桂花的语言多像瀑布 / 229

这些花儿，让我更加杂乱无序 / 231
菊花将秋天托举得更高 / 233

水是无法叙述的

涛声或者风声或者内心的细碎 / 237
此刻，我想到水 / 239
一滴水的禅 / 240
一出戏恰逢其时 / 241
一滴酒的全部 / 243
那些古法是智慧的 / 244
出海的人还没有回来 / 245
渔灯如此安静 / 247
哦，那些苦涩后面的清香 / 249
水是无法叙述的 / 251

总序

让诗歌成为我们的另一颗心脏

张 策

《琴剑诗系·全国公安实力派诗人丛书（第一辑）》，在大家的共同努力下，终于和读者见面了。这是我们这群身着藏青色警服的中国公安诗人们，第一次以方阵的形式，向世界亮开我们的歌喉。这是一次精彩的集结，这是剑舞与琴音的完美演绎，这是长期耕耘公安文化沃野的歌者们正义与悲悯的共鸣。这样呈现着中国公安诗人自豪与自信的诗篇，对于推进公安文化建设和繁荣发展中国诗歌，都是值得重视、值得称赞的。这套书的编辑出版过程，本身就像是一首诗，有激情，有喜悦，有奔放的歌唱，更有沉甸甸的一种情思。

诗歌就是这样的，没有任何一种文学样式能像诗歌这样发乎情而出于心；与诗歌同行的故事，也就和诗一样，澎湃激越，跌宕起伏，柳暗花明。

也许，当人类诞生的时候，诗歌便是文明的曙光。无论是西方的神话，还是东方的传说，人类都来自于神的创造。如果这是真的，诗歌就应该是神在造人时的第一声吟唱，它随着生命注入人类最初的躯体，启动了人类初醒时的艺术想象。在苦难而又漫长的人类发展史上，诗歌从此为我们留下了最畅快淋漓的节拍和最华美壮丽的篇章。

真的，不能想象人类没有诗歌。如果没有诗歌，部落英雄射出的第一支羽箭就没有了呼啸的气势；如果没有诗歌，掌上作舞的美姬就没有了曼妙的英姿；如果没有诗歌，唐宋的盛世太平就淡了许多颜色；如果没有诗歌，攻克南京的解放大军就少了许多慷慨。诗歌，因为和人的血脉流动合拍了，因为和人的思想驰骋相依了，诗歌，就成了我们心灵里萌生的一株嫩芽，它伸展开来，就是我们心底的参天大树。

真的，不能想象警察没有诗歌。用枪写诗，血与火是我们青春的色彩；用泪写诗，生与死是我们忠诚的宿命。在追捕逃犯的千里征途上，风花雪月都有了别样的寓意；在维护安宁的岗位坚守中，春夏秋冬都有了别样的风景。诗歌，是最能抒发警察心境的语汇，是最能表达警察品格的叙事。诗歌，已成为中国警察灵魂里的一支血脉，它流淌着勃勃生机，孕育着我们的另一颗心脏。

是的，另一颗心脏。肉体的心脏给我们生命，思想的心脏给我们灵魂。不肯醉生梦死，不作行尸走肉，我们有健康的体魄，我们更有强大的信念。我们是诗人，我们是诗。我们，是中国警察，是中国公安诗人。

中国警察从未缺少诗歌的滋养。这支伴随着共和国成长的英雄队伍，在人民公安为人民的征程上，在血与火的行进中，在奉献青春与生命的无悔选择中，在无数动人诗篇的鼓舞下，一路凯歌，一路豪情，创造出了史诗般的业绩。每一次热泪滚烫，每一次慷慨忘我，每一次生死搏杀，每一次果敢胜利，我们心底涌动的都是对党、对国家、对人民和对法律的殷殷诗情。英勇是人民警察的豪放，悲悯是战士对土地和母亲的唯美和婉约。

在我们这个队伍，更有值得骄傲的诗人。请通过这部丛书认识我们的公安诗人和他们隽永的诗心吧！

侯马，被全国诗歌界公认为新世纪诗歌代表人物。这位先后就读于北京师范大学中文系、北京大学法律系的高材生，自二十世纪八十年代末开始对诗歌写作情有独钟，已经出版诗集《哀歌 · 金别针》《顺便吻一下》《精神病院的花园》《他手记》《大地的脚踝》等，并先后获《十月》新锐人物奖、首届天问诗歌奖、刘丽安诗歌奖、《诗参考》十年成就奖、中国先锋诗歌奖、中国桂冠诗集奖，多次被评为年度最佳诗人。“侯马这样的当代诗人，可能是在荒诞常态中寻找记忆和日常原有的动静，并以不拘一格的自由语体尽可能自然地重现。”（施战军《读侯马》）

在由中国诗歌学会等单位共同主办的首届中国咸宁世界华文诗歌大奖赛中，公安诗人邓诗鸿以其长诗《大江东去帖——咸宁辞典》，从近万首作品中脱颖而出，最终摘取桂冠并独揽五十万元大奖。媒体哗然：五十万的诗歌写了什么？写了一位警察诗人屈子般的爱国情怀。

在艾明波当年写诗的方阵中，大约有邓皓、赵冬和汪国真等人。艾明波初期的诗作和美文清丽巧慧，情思绵长之中贯穿奇警、玲珑、温馨的意象，风靡校园和青年之中。长期的职业生涯中，艾明波逐渐开始用他有血有肉、有情有义的文字，抒发他对于公安战线的热爱与深情，无论是浅吟低唱，还是慷慨高歌，都体现了警察诗人的侠骨柔肠。“亦狂亦侠亦温文”的艾明波，“为读者找寻了一个全面认识当代中国警察的桥梁和平台”。

杨角，以其作品《喊岷江》荣获2014年《现代青年》年度最佳诗人桂冠，颁奖词是：“以亲切、朴实、真挚的情感抒发对故乡的爱和眷念，简洁、痛快又不乏诗的意境和想象，这颗滚烫的心喊得岷江都哭了。”

许敏和翟营文是分别来自安徽和辽宁的两位地域不同的青年诗人。许敏和邓诗鸿一样，都参加过诗刊组织的青年诗会，这个“手握青草”的南方青年，追寻着经典诗歌的轨迹，叙说着绵绵的乡土情结。翟营文和本丛书遴选的作者苏雨景、王富举都毕业于鲁迅文学院。翟营文的诗歌保持着本色的质朴和厚重，却在平常中见奇。诗歌的深度来自生活，诗歌的高度却是源于对生活的理性思考。警营，是警察诗人创作的“富矿”。

苏雨景和谢长虹是近年活跃在诗坛的两位警花诗人。二人皆爱古诗词，但苏雨景多写新诗，谢长虹堪称警界古诗词大家。“苏雨景先在本系统红遍全国，继而以‘现代李清照’的姿态亮相诗坛，大家亲切地称她为‘苏小妹’，而她的诗句细腻和鲜活里冲荡着侠义和孤绝，一出场就亮了不少人的眼睛。”（《纯净的孤独与超拔的辽阔》）谢长虹的古诗词常以古化新，“字字关乎性情”，写山情水韵，表警察诗心。“浙江有位才女，词才人品俱佳。”人们说的才女，就是谢长虹，这位来自宁波的警花。

王富举和陈计会是两位身在远山、诗心澄净的青年诗人。王富举名气不大，但诗性浓郁，举手投足，雅而不群。在全国公安基层单位，这样求美而至善的作者不在少数，但要像王富举这样，想在诗歌中浸透着灵性和温情，真的需要艰苦付出，用心体悟。陈计会曾获全国散文诗大赛金奖、全国鲁藜诗歌奖一等奖、全国新诗大赛二等奖、第十五届广东省新人新作奖。他二十世纪八十年代末开始发表作品，发力较早，成就斐然。而且他的诗歌评论也独到深刻。他在当地还主编诗歌刊物《蓝鲨》，发挥着传播诗歌、以文化人的重要作用。

这样的诗人，在我们的警营还有很多很多。这正是我们中国公安诗人继续呈方阵式集结的底气。不断壮大的中国公安诗歌群，已经当之无愧地在中国诗坛上占据了应有的位置，取得了骄人的成就。是火热的公安斗争生活孕育了诗，孕育了诗人。我们的歌声，已经成为中国诗歌旋律中一个高亢的音符。

因此，《琴剑诗系·全国公安实力派诗人丛书（第一辑）》的出版，于公安文化而言，于中国诗歌而言，都确确实实是一件意义重大的事情。在中国公安文学史的书页上，也应留下浓墨重彩的一笔。

诗言志。我们可以在此读到公安诗人对祖国的挚爱，可以读到诗人对故园和亲人的眷恋，可以读到他们踏上征途时的豪情壮志，也可以读到战士凯旋时的幸福与疲惫。中国公安诗人的诗情强烈而厚重，是因为他们的生活里那些太多难以承受的压力，已经把他们的心锻造成了世上最坚韧的心。中国公安诗人的诗句热情而浪漫，是因为他们的内心世界有着强烈的渴望，时时在梦中勾勒着安宁和幸福的图画。他们唯一的生命渴求，就写在祖国版图上的那一首首最壮美的诗行中。

就让诗歌成为我们的另一颗心脏吧！因为诗歌是思想的凝聚，因为诗歌是感情的积淀，更因为诗歌是人类最纯洁而令人心动的呼唤。中国公安诗人的声音，将是这呼唤中宏大而绵长的浪涛。

这，也就是我们编辑这部《琴剑诗系·全国公安实力派诗人丛书（第一辑）》的初衷。让我们伴随着诗人的脚步，为公安文学的繁荣发展呼喊，为这个伟大的时代纵情歌唱！

（作者系中国作协全委会委员、全国公安文联秘书长、全国公安作协副主席，著名作家）

摒弃空洞的词汇

如果我是

如果我是废墟上
那片最完整的瓦砾
我一定会用我的完整
换取一些人生命的完整
在你的头顶把灾难挡住
如果我是你
最后的那一抹微笑
一定保留你的灿烂和未了的心愿
给你的亲人
保留你的温度
给这个多难的春天
如果我是春天里那个不幸的消息
请让我缓慢抵达
或者随一场雨沉入地下
去唤醒沉睡不醒的人
但我不是
我只是雅安的一棵草木
在大地的断裂中

抱紧自己卑微的生命
我只是寒凉中的一缕风
吹在伤口上
使泪水变冷
我只是远方
一个面对灾难束手无策的人
在寒冷的春风中
和你一起微微颤抖

生命最大

那些被埋在瓦砾下的生命
比地震强大
母亲紧紧抱着儿子
那种爱超越死亡
还有好多生命在努力延续
延续到看见第一缕光
延续到下一秒
等待更加强大的力量，
将这个春天最大的谎言撕碎
许多救援正在路上
许多关心正在积聚
许多忘我正在拯救
一些小动物惊慌无助
它们的善良还不足以抵挡命运的多劫
但阳光已经开始抚慰
阳光就是生命的光芒
有一只巨手正在推开灾难的魔掌
正在医治伤口

正在修通道路
正在召唤不知下落的亲人
春天在短暂的中断后重又复活
生命在巨大的摇晃中渐渐站稳
谷雨之后
大地上会新生很多生命
从嫩芽到茁壮
桃花的粉红油菜花的金黄
重又主宰
伤痛只是偶尔的雨水

摒弃空洞的词汇

在说出祖国之前
我摒弃所有
空洞的词汇，也绝口不提
疾苦和风雨
只说野蔷薇怒放的清晨
只说月亮剪出美丽的影子
我也自愿放弃饱满和果实
放弃已经成熟的一切
但我不放弃流年
风中的芦苇和苍白的头发
不放弃中年的尴尬和迟疑
缓慢到来，点起灯笼，喂饱马匹
不在意花开花落
只在意忠贞的坚守
在说出祖国之前
我还要说出天气和炊烟
说出水穷处的茂密
说出梨花和不相识的孩子

就像摒弃虚伪的情感
我摒弃空洞的词汇
我只愿与世界
交换呼吸
把你的荒芜给我
我们曲终人不散

我要一块自己的土地

如果给我一块田地
我会依次种上粮食、花朵和清风
让每个早上都被风吹拂
让清风打扫干净这厚重和广阔
我为蓬勃的生长夜不能寐
闭上眼就是耕种了
那些种子早已受孕
这个时节河流和女人都是饱满的
月亮和风也是饱满的
如果给我一块田地
我就有了生存的理由
就有了庄重和尊严
每一次的播种和收获都是重生
并因此衰老和富有
用一些果实加重
土地的甜味
收割是一场革命
闪亮的河流猝不及防

我交出记忆的饱满
和早上的鲜花
记住疼痛和枯萎
我想种一块田
可以随心所欲种植幸福
放置命运

种一株向日葵

种上一片阳光
驱散窗前高楼的阴影
它宽大的叶片像
季节一样脉络清晰
它的头颅替我向大地感恩
在秋天老去
它也是唯一的见证
缓慢的时光中
我牢牢抓紧孤单和脆弱
我喜爱生命里的黄金和执着
我们隔着玻璃交换内心里的老迈
这片小小的光亮
沿午后开始擦拭
我听见微风吹动树叶
仿佛我一生的错误纷纷站出来
坦诚得过于突然

把我的五脏六腑都震颤了一下

楼下的叫卖声
已经一整天了
现在，天开始黑了
他一定还没吃饭
他一定是想让所有的人听见
他一定以为拼尽全力
就会有好的结果
一整天了
有人听到了无数遍
还是无动于衷
有人喊来了城管
城管走了
他又在喊
现在，天真的黑了
他的嗓音带有无限的迫切
好像他想喊的
还是没有喊出来

打马跑过

必须赶在世界微凉之前
到达，赶在
山河下一次葱茏之前
目光里有风暴
秸秆抱紧大地。窗棂醒来
消息冰冷
攀爬的植物就要登顶
我打马跑过
我只是不想放弃
拥抱假想的敌人，与世界和解
在年龄上铺开山河
生活紧紧相逼
我就要跑过危险的开阔地
不想过早地接受结局
不想抱怨
我的马飞驰而过。在所有的
美好面前都不停留
保持陌生感

保持我的动态
赶在世界热闹之前
赶在自己微凉之前抵达
我的马
和我的想法是一致的
它默不作声
我只是想在祖国的胸膛里打马跑过
我只是想让自己的生命不断开阔起来

幸福就是秋天里的那抹金黄

随后秋霜会覆盖
大地会空下来
蛙声的赞美会渐渐隐退
时间会变凉
铁一样坚硬
可我依然会热爱
热爱伤痕累累的大地
热爱黄昏里每一个人
热爱他们默不作声的样子
热爱迟来的阳光
热爱成熟和枯萎
学会在一无所有中思考未来
油菜花是最后一抹金黄
是最后的汹涌和歌唱
它们轻而易举
就淹没了孤寂和骄傲
我喜欢它们肆无忌惮的可爱
这是谁点燃的火把

照亮秋天的单调
庄重而得体
山河被最后的激情感染
列队整齐
加入到无边的雄壮之中

下面我们就讲一讲盛大的花事

就从贫瘠的山水讲起
野济河、六冲河有一个少年搏击风浪的影子
讲那个少年的愿望比贵州高原还要高
讲阿西里西大草原上雄鹰的翱翔
我会用方言讲得杜鹃花开
从贫瘠讲到富有
从土坯房讲到遥远的城市
请允许我像另一个
山里孩子那样讲完内心的深爱
再和你们站到一起
站成父老乡亲的儿子或女儿
讲到山里的沟沟坎坎我会流泪
讲到夜晚的黑和寒凉我会流泪
那么好吧，下面我们就
讲一讲隐隐而来的盛大花事

大锤小锤的声音都是天籁

如果看到过打铁
你的骨头就会坚硬很多
打铁的过程是惊心动魄的
按照自己的心愿
打造成型
一把农具连接着广大的田园
而一副马蹄铁会让
一场战争的结果发生颠覆
这是汗水和力气交汇的时刻
一把大锤和一把小锤都是天籁之音
如果是雨天通红的炉火
暗示着晚霞
如果你疲惫不堪
大锤小锤的声音让你精神抖擞
一把锤子有时可以推动山河
如果你看到过打铁
你一定会坚强起来
在锤打中不断修改自己

向上，向上

现在
一面五星红旗只为
一个平凡的女孩升起
只为生命和愿望的高贵升起
这座城市暂时成为北京
这里的天空瞬间高远而辽阔
国歌的节奏就是她
不断向往高处的节奏
女孩叫欣月
她代替月亮全部的美好
我希望这只是一个故事
或者只是故事的开头
接下去在国旗的鲜红中
小欣月的身体会健康起来
她会像一棵春天的小草
至少也要像小鸟一样明快
这是小欣月最后的请求
请求暂时把北京借给她

把天空借给她做最后的飞翔
有善良的风推波助澜
把旗帜的舞动借给她
像生命般常舞常新
而小欣月的爸爸能做的
仅仅是卖掉屋里所有的东西
来挽留女儿面庞的生动
为了去一次北京
为了把女儿面前的道路延伸向春天
随着病痛的加深
小欣月不断缩小着愿望
把几千里的火车缩小成几小时的摩托车
甚至为了不伤害亲人
她把充满希冀的眼神不断压低
一个八岁的生命完结，需要
一场盛大的仪式
需要庄重和注目
一枚完美的月亮
需要用爱来擦拭一万遍
这是简单干净的时刻
一个女孩的圣洁和一面旗帜的圣洁
相互照亮
泪水成为飞翔的鸽子
成为传奇的一部分
现在让我们屏息凝神

对天使说出“向上，向上”
国歌就是在这个时刻停止的
对一个女孩的赞美耗尽了所有的善良
一枚稍大些黄色的星星
引领方向
另几颗稍远些
但始终不离不弃……

这一天是甜的

这一天是甜的
你逛街的目光是甜的
你打电话
喊出的名字是甜的
你发送祝福，每个文字
都露出喜庆和甜蜜
如果你猜谜
谜底一定是春天的某一处
有甜甜的青草和果实覆盖内心
你一定还记得过去的一些面孔
他们在走马灯里
把甜蜜的往事不断重放
你喊停
他们的脸上就溢满光彩

就只爱这碗大的天空了

我只想月光如清辉

此一刻
我只想避开“闹”字
我不太愿意把节日燃放成灰烬
我喜欢这月光的皎洁
可以盛放千年的闲情
我喜欢这山河的圆满
这亲人不离左右
我喜欢
这清辉像劝慰和抚摸
之后行万里路，过尘世的生活
我喜欢这清辉的韵致
让草木之躯暂时脱俗
甚至放任自己离题万里
此一刻我深邃得像一眼井
一生中
就只爱这碗大的天空了
而二月
可以不是我的

月光不在的时候，我需要宽恕

你用方言的精细喂养了我
母亲
只有月光才照得见你的美
只有月光才是纯粹且略带羞涩的
在你的善良里长出翅膀
我是你的银雀树
夜那么深，我们都是水的孩子
从木棕河再到乌江，母亲
时光是最大的谎言
我在月光里悄声说话
向上看
你和我都不急着下船
你在旧时光里黯然
我像原野一样簇新
母亲，你所有的表情我都能接受
我们在月光里冷暖相知

我听见那些草在叫我

今天走过广场的时候
突然听见
那些路旁的草在叫我
有些胆怯
而又十分肯定
它们的头一律朝向我的背影
喑哑的嗓音
和昨夜的微霜有关
我敢肯定它们是在很多背影中
轻易认出的
我的心里一酸
这些年想尽量走得轻松
但还是被
它们看出我微驼的背
一定落满城市的灰尘
那些草的声音很快就会被
城市的喧嚣淹没
越来越微弱

我甚至怀疑
是不是真的被呼唤过
我甚至一再
向这些草俯下身去

广场

它一定不是可有可无的
就像你在客厅里坐一会儿
感受自己的存在
这里可以没有更多的花草
但空气必须是自由的
它从未偏离生活
或许是以它为原点
简单而直接
它让你慢慢接受这个城市
它让你渐渐遗忘这个城市
你有时看到一个人很迷茫
那是暂时的
这里接住夜晚的来临
像一只手，不，是一双手
接住夜晚的沉重
有时它很空旷
让你觉得一个人
相对于一座城市是多么渺小

黄沙坨的回忆

感觉拥挤了
我就想起黄沙坨的空旷
感觉被遗弃
至少还拥有往事
水井像命运一样深
这是前天的雨水
水井像恐惧一样深
都将追随八月而去
黄沙的奔跑让黄沙坨老了
门前最宽阔的地方
坐着一个孩子
大道上总是空的
一抬头
大道上还是空的

老人是秋霜中的河山

蓬勃的词汇变得沉稳
变得内心洁净
河水搬动岁月的石头
树木收敛起叶片上的风
秋天是一座山
故园在一场秋霜后愈加遥远
那些菊花的张扬多么可爱
秋风中的河山多么慈祥
它们还没有到达山顶
风霜将秋天包裹
岁月的沧桑在左肩
早上的日出在右肩
老人宽厚的手掌就是奋斗的纹理
一代人交出河山，另一代人仰望不止
现在秋风把天空吹动
高远而辽阔
岩石上有一些草到达过的痕迹
生命在这里终结又在这里起步

我热爱秋风中的河山
热爱父亲的慈祥
它把路捧给你，把胸怀对着天空
我们正在山下，秋风
一阵紧似一阵
那些风中的菊花
在为山河做最后的舞蹈

多像一个人的嘱托

一束疲惫的夕光
它的翅膀带着温暖
每一处湖面都被它的
影子抚摸过千遍
在晚钟声里飞跃时光
一些人奋斗之后在湖边落地生根
一些人的影子曾是真理的影子
“抱济世热忱，推食解衣”
白云解读过风起云涌
白洋湖水就是镜子
在黄昏，人们只热爱家乡
内心的寂静秘不示人
这时的湖水也是
疲惫的
它的盛大容纳万物
庙宇也是可爱的，就像亲人
模糊的面孔但意志坚定
一群鸟让黄昏

和湖水有了密不可分的联系
一叶小舟漂过湖面
它清浅的波纹
多像一个人的嘱托

农村亲戚

他们喋喋不休之后还在说着
他们说的时候
我想到了窑地后面的大坝
想到了一座石桥
把记忆深刻的地方都想了一遍
后来我问起了一个名字
这是一个在他们看来
毫不相干的名字
他们觉得我
更像是
一个不可理喻的人

在黄昏，人们只热爱家乡

不再有妄想了
目光放在了近处
远山远水
有一瞬间被完全忽略了
那片树林多么美好
有倦鸟疲惫的影子
一片叶子落了
紧挨着的
另一片叶子也落了
身边的流水不代表源远流长
它只代表我对事物的
重新认识
稍远一些的道路上
有人回家
他们的身影
看得见骨头
一群倦鸟飞回来了

羽毛凌乱
有几分像我
在命运中的
不优雅和迫不及待

下午时光

突然就有一种香味
我敢肯定不是桌子上
那盆水仙的
也不是文竹或八宝树的
它们只一味地绿就够了
它们的生机是没有波折的
说不清是我的被子上
茶具上还是床头的诗集上
说不清是阳光的味道
还是满足的味道

除了写诗，我还能去做什么呢

享受了阳光和水
享受了阳光的宽容和水的接纳
除了不幸还拥有赞美
除了熟悉还有空旷和陌生
我是一个多么幸福的人
现在，我需要一首诗
提醒我的存在
帮我认领微小的美好
我们相互敬重
相互爱慕
没有比混同于一些词语
更让我开心的了

有什么会比村庄更久远

我是一个无欲无求的人
对季节充满敬畏
敬畏雨水和魂灵
房子里住着我的祖先
他的目光浑浊
脸上是岁月的褶皱
方言在时间里开出花朵
小小的善良沿田地铺开
我的村庄是我小小的寺庙
让我祥意浓厚
让我净美
没有什么比时间流得更快
窗口的蝴蝶是谁的诗句
我祈求风调雨顺
我的老屋在雨后被藤蔓掩埋
有什么会比时间腐烂得更快
有什么
会比村庄更加久远动人

警察这个词汇一定是凸显的

深陷琐碎的幸福之中

槐花是琐碎的
它的香是琐碎的
我能记住低矮的窗口里琐碎的名字
那些名字是有温度的
贴近春天
偶尔也会被槐花的刺扎一下
但这并不影响我的心境
浓郁的香
在傍晚布满大街小巷
平常的日子里
他们洗心革面擦去身上的污点或者
面容模糊
在我的工作日志上
他们是真实的，具体到门牌号
具体到小小的摩擦和伤口
有时我也会疲惫
风吹拂单薄的身子
像五月里一面怀旧的旗子

我是如此的
和这些花朵关联
夜晚的风很凉
担心有一两朵会被风吹落
命运是如此的反复无常
身旁的树木高大无比
小草又楚楚动人
每天从那些窗口走过
轻轻敲响紧闭的防盗门
他们中规中矩
从不越雷池半步
我喜欢看他们
阳光里的样子，纯真，灿烂
好像从来都没有被命运捉弄过

警察

警察这个词汇一定是凸显的
高于平面且有些粗糙
相对于美好的事物
它一定是偏重的
沉潜下去或者慢于繁花似锦
有几次
它们几乎就混迹于深颜色中
心安理得
但很快它的尖锐出卖了它
不需要注解
就像城市的砖瓦和
水泥不需要注解一样
它的阻挡可能改变了风向和风速
让吹到你身上的词汇规整秩序
这样的吹拂
更像是真正意义上的吹拂
让城市安稳于钟声和阳光
它的硬朗是相对于梦幻存在的

短暂而坚决
就像口令和秩序
但有时它也是转折
在你的慌乱中开辟出一条大道

总会想到向日葵

和季节无关
总会想到向日葵
想到它的金黄和阳光一样健康
想到高昂的头颅挺直的腰身
那些果实团结紧密亲密无间
如果是一片
就可以在大地上燃烧
在每个角落
每一处简陋的地方
轻易就刮起阳光的风暴
忧郁叹息的时候
一抬头就被融化其间
它的张扬是正义的张扬
挑战邪恶
喜欢在雨天它洁净的面孔
和同样洁净的内心
没有权谋没有盘根错节
连果实都悉数托出

“吾本洁来还洁去”
总会无缘由想起向日葵
想到它的亲切祥和
它的光芒直射灵魂
想起它就不再惧怕什么
无私无畏

就要说到夜晚

隔着快乐祥和笑容可掬
隔着秩序和潜规则
隔着高大的楼群和高大的柳树
我就要说到夜晚
说到虚伪后面的真实
真实后面的罪恶
罪恶后面的绝望
说到角落里的阴暗和无助
说到寒凉，内心的恐惧
不知道会发生什么
或什么正在发生
明天清晨的阳光是暧昧还是朗照
就要说到值班室里的严谨和
监控屏幕的虚幻
一些人在命运的转弯处栽倒
而另一些人
在屏幕上的身影是倒置的
说到铃声的急促和后面的窘境

有时铃声
把夜晚切割得七零八落
就要说到被风吹得千疮百孔的身体
在夜晚它轻飘飘的
像要飞起来
我还要用这轻飘飘
阻止夜晚的下沉
拽住庞大和沉重

现在，我集合所有的优秀品质

现在我比以往任何时候
都更想集合起善良勇敢正义无所畏惧
哪怕只拥有其中的一个
就可以去往更远
渡过河流仰望更高的山脉
有时我觉得空虚，空虚得发抖
我好像只有警察的躯壳
迈一步都可能被别人看穿
面对穷凶极恶
我可能在内心里先退了一步
但我又必须先于其他站出来
就像春天里第一株迎春花
它的单薄有如刀刃
我必须先控制自己
才能控制正义的形象不被误解
我要视罪恶如草芥视苍生如福祉

要立地生根心如磐石

哪怕动摇一秒钟

就会倒塌下去

被风吹得无影无踪

对一个乡村的回忆点到为止

这个乡村是颠倒的
我想
村民看我们的目光
也一定是颠倒的
房屋建在了没有光亮的地方
如果门窗关闭
那将是灾难性的
他们评判一个人
简单到没有标准
这是一个多风的地方
风沙迷乱了眼睛
他们有时仅仅因为亲情
就把大多数人视作对立
把警察的到来视作敌对的一种方式
但他们的淳朴又让我相信
这个乡村从前一定是秩序的
只是他们对丧失有些猝不及防

有一些细节是可以忽略的

比如夜晚灯光照不到的
街道，这里的一小块
肮脏刚刚被擦掉
像忽略掉故事里的
语气词一样忘记一次小小的不幸
甚至忽略
正义是如何阻止邪恶的
一本书你有权选择
最干净的一页去读
你也可以
忽略一个警察或一群警察
他们努力地支撑
城市的繁盛和祥和就是结果
在人群拥挤的
地方忘记孤独
喜欢大雪的浩大犹如最初
在幸福中
去尽兴幼稚和非理性

还可以
忽略冬天盲目地奔走
像一棵老树因为重新发芽因为春天
而忘记了恐惧和憎恨

一开始就是站立的

一开始就是站立着的
一种形式主义和实际意义的站立
没有回头是岸
我们守护的从始至终
都是一杯清水的清澈
可以放入一些药
医治顽疾
有豹子的身影出没
被镀成银白色
易于写上规则和法条
远离迷迭香远离诱惑和黑
我们一定是站立的
看得见
城市的烟火和忧伤
像一句诺言
遵从时间的选择
我们很少迷茫
我们站立如初，和屈服于

罪恶，心怀鬼胎的人
区别开来
不预言未来，不写诗
甚至
不关心气候的冷暖
我们遵从生命也遵从信仰

真相

真相有时是枯燥的鲜血淋漓的
和你看到的大相径庭
有时只发生在瞬间且无人目睹
真相只有一个
也许不被接受
但它是一切的基础
让本质回到本质
捕风捉影是轻巧的
看起来往往更像是真相
我们的挖掘是
现实主义和历史唯物主义
一次呼吸里藏着霹雳和闪电
也可能终生在边缘徘徊
被毫不相关缠绕
承担着山重水复的压力
真相只有一个
水滴的落点或者是下落的状态
羊吃下草或狼吃下羊

我们的
命运和另外的命运紧紧相连
真相就是出口而不是入口
真相是存在的唯一理由

现场

现场不是一种假设
是时间的最终指认
你必须是在场者之一
必须先于时间到达
比如此刻你必须和一颗子弹
达成默契
击穿的一个点
永不会弥合
或者为每个伤口
找到理由
现场是时间结的疤
散发着罪恶的血腥
也是你的一个结
无法绕过
现场有时也是一种假设
引导你误入歧途做出错误的推断
人有时过分相信自己的推断
而忽视现场

现场始终存在
一个旋涡接着一个旋涡
吸纳了
人性中最真实的部分

只关乎花朵和春泥

这个计划是带着露珠的
带着春天的呵护和宠爱
一朵花有无数种可能
请用心拾起他们倾斜的影子
给他秋天的语言
石步村的孩子们现在静静在听三七派出所的叔叔
复述花朵的成长
复述阳光和风雨
有时一朵花会走失，会被春天遗忘
或者过早地凋谢
警察叔叔会在每个路口看护
会在幼小的心上点亮一盏灯
会驱赶倒春寒和孤独
一朵花有时就是春天的全部
整个社会都应该成为春泥
成为花朵的背景和温度
只为风清气正
只为让春天更成其为春天
这是一个安静的时刻
有春雨润物无声

为一群人，保留心跳和敬仰

为一群人，保留心跳和敬仰

古田的荷花会
记住一个人的身影
他从黑暗中走来弄响月光
他的呼吸和思考是
荷花开放的理由
这个人有特殊的洁癖
他喜欢用早上的露珠洗去倦容
然后“踏遍青山人未老”
清晨是他诗歌的起兴
他把江山用理想擦拭
把人民默念千遍
荷香是早上唯一的主宰
然后才是幸福和快乐
然后依次是爱情和永恒
古田的荷花牢记一种精神

为一个人保留心跳和敬仰

每个早上都有初生的美好

譬如朝阳

譬如我们对真理的反复认知

一个牢牢握着阳光的人

一个牢牢握着阳光的人
是执着的
他把阳光当成信仰
把自己当成一株春天里的植物
生活充满激情，河水向东
隔岸是尚未走远的岁月
一个牢牢握着阳光的人
坚定无比
不会舍弃心中的幸福感
不会放弃天地的广大
把自己当成向日葵
每一粒果实都是阳光的孩子
他在春天里牢牢站立
把阳光读成微笑
把手中的阳光变成万千个温暖

把一片油菜花的强大传播开去

心灵在他的注视中升温、转暖

小草在风的吹拂中强大起来

一个牢牢握着阳光的人

就是春天的清醒

就是坚持，就是捍卫

一个牢牢握着阳光的人不会

失去内心的操守

满怀感恩

一个牢牢握着阳光的人

永远把握着健康向上

在一盏马灯的边上

马灯的边上
依次摆放着雨伞、蓑衣
一个大雨滂沱的夜晚
他滑倒在林子里，骨折
那件雨衣像雨夜里的钉子
深深扎进树木的年轮
接下来是手锤和砍刀
这个林场的最初规划都是他
用手锤和砍刀制订出来的
小木屋立起来了
野草在十步开外
他可以用
打量家的目光打量荒山
还有镐
磨破了又补上的一副旧手套
套袖被那些亲近他的藤条
和枝丫撕扯得不成样子
还有一双翻毛皮鞋

帮他数过
山路上的石头和凹凸的岁月
马灯现在不再亮了
它静静睡在夜晚的边上
像一位老人的呼吸
随山林起伏

守护

每天都会来擦拭墓碑
数一遍亲切的面孔
像数一群
自己的兄弟和亲人
下雨的日子，那些松柏会代替他
不断地弯下腰去
讲述今天的美好
更多的时候
老人默默地站立
直到天空更加高远
阳光更加灿烂
他的内心已经容不下一丁点瑕疵

在一种精神里取暖

把他的名字
作为一种精神的名字
以成长的名义，放进信仰
把他的笑容传递下去
在冷漠和孤寂之上
建起快乐的城堡
让心灵依次升温
围在他的故事里，回到淳朴
相互感知呼吸和心跳
回到他的眼神
用善良和宽容
拯救狭隘和自私
从忠诚开始回到忠诚
像他那样
从热爱开始回到热爱

春天会找回我挚爱的河山

风吹得心洁净无比

普陀山的风是经过修炼的
只要吹过
那些叶片便开始诵经
山上的树木在默默里打坐
完成又一个轮回
普陀山像一本佛经
被风翻到哪页
便有无尽的箴言入耳
天空更像是一位观世音
把高远延展到无限
让人仰望
总有一些风吹在灵魂之上
让人瞬间入定，把杂念掏空
一朵花开出内心的美好
在一些小草的边上
我尽量去倾听它们内心的善良

天池是生命最真实的部分

它一定有过内心的纷乱
否则不会归隐为水
它也曾把愤怒掀起万丈巨澜
现在胸怀的云朵异常淡定
身为草木
才会感知天池的宁静
如一个人的
大智慧还原为平和
天池只照花开花落
一座山峰的奔走是永无止境的
激情在水边戛然而止
那些石头不断矮下去
矮成佛的定力
在天池你会忘记前生和今世
只记得生命的宁静
只记得一滴水
巨大的声响和内心的空旷
现在请让我洗净尘世的灰尘和杂念

还原为植物的青葱和自足
还原为高处
尚未落下的一滴雨水
还原为乌山的一句回声
天池是天空的一部分
在群峰之上收纳传说，抑或它就是全部
流动的都是过客
那些夸张的白昼和夜晚是更小的细枝末节
好吧，现在我们一起诵经
不说满山的颜色，不说诞生和离开
只说开始，混沌之初
只说
生命中最真实的部分

福佑

着大红大绿的民俗
握历史的竹杖
它的影子飘过民居的屋顶
时光便清丽起来
它的触摸
带着妖娆的想象
辽河岸水草延展树木柔软
低垂的手臂拾捡起传说
一些人活在温暖的气息中
隔着树林
生活呈现出安详
辽河的福佑
来自它身体的深处
道路是它的手指
目光是雨水
人们只要望一望
心里就肆意横流

我和下梅日渐斑驳

是梅花飘落的影子吗
文化的
香味在里弄纵横
秀美的牌坊
颂扬曾有的繁华
传说有着丝绸一样的皮肤
还没有被现代伤害
工业的喧嚣被梅树遮挡
在一碗茶中淡定
农业一路繁花
守住青山
守住古老的习惯
梅树是理由竹林也是理由
一个人的宁静
与古村落的古那么吻合
院墙的斑驳也是四月的斑驳
不敢弯腰

怕就此成为傍晚的一部分
不要快马
不要锋利的语言
在缓慢和陈旧中日渐清新

一人一石

一定有谁来过，充满蕙心
留住了飞龙的吼声和莲花
留住了若干年前一场神奇之雨
他的脚印踩在夜空中
就是满天的星宿
他的脚印踩在黄河边
就是丹岩和飞瀑
他一定就是你的前世
他的语言就是满山满岭的奇花异草
野生海棠楚楚动人
厚朴和天麻
带着天生的宽容和接纳
春天弱不禁风
这些药材怜香惜玉
有人留下诗句
被雨水爱抚，被山风吹冷
一人一石，是不是说石头的命运
那些埋入草里的和刻成石碑的

都将回归大地
而我分明看见
一人一天，向上望
每个人的命运里都有各自的阳光和雨水
以弱小紧紧抓牢身下的土地
耐心等待云开雾散

在心上建一座围场

在心上建一座围场
让雌雄麋鹿自由交配
不躲避射杀
在家里安闲行走
风最好是轻柔的
天空是晴朗的
充满苹果的香味
不要相机，也不要车站和旅馆
骏马奔驰的尽头是一片
金黄的油菜花
风吹来森林的潮湿
天鹅的影子是这个傍晚的伴侣
河流平静，野鸭子的生活
缓慢又幸福
在心上建一座围场
把冬天围在外面
只要秋天和春天，夏天是另一个
冬天，山峦还原成山峦

泉水成为湖泊
雾终要消散
把仇恨围在外面
把欲望围在外面
围场里百鸟鸣唱，繁衍生息
一只黑琴鸡会把你
当作另一只狍子
会为自己的笨拙而羞涩

在玉兰大剧院听交响乐

春天那么紧凑
一场花事被另一场花事覆盖
玉兰的风暴被音乐
裹挟凌空而至，此刻聚精会神
是风暴的中心
所有的人被愉悦托举着
领略美的浮现
所有的色彩退回深处
幸福洁白而单纯
年轻沿所有的街道铺开
橱窗上有明天的标签
音乐占据春天的入口
此刻是高潮部分
建设紧锣密鼓，幸福
在高速运转的流水线上不断被复制
每个早晨都交出不同的精彩
一轮完美的太阳照耀结局
在傍晚舒缓下来

这是起承转合
爱情可以更加细致
生活的剪影异常清晰
一场交响乐伴随着城市
最绚烂的时刻，那些
玉兰的开放盛况空前

漂流是一次深长的呼吸

如果我不漂流过去
这条峡谷
一定会消失，我的命运
充满叵测
我是这个上午最大的
悬念
如果我不漂流过去
那些光束会转瞬即逝
小鸟会回到黑夜
我需要一次危险的境地
把自己的勇气唤醒
把自己的安逸唤醒
身逢绝地会抛弃一切幻想
会抛弃背负的沉重
合力一搏，所有的危险
都是命运的一种形式
我一定被鸟的翅膀
抚摸过。这里

一定发生过
惊心动魄的一幕
一定有人
像羽毛一样轻，像时光一样轻
像呼吸一样轻，像命运一样轻

想到一个叫信阳的地方

一下子就山清水秀了
这个下午的时光
海拔高了几百米
一群似曾相识的女子
把一枚叫作春天的叶片采摘进篮子
这里一定离水很近
离湿地很近
葳蕤的湿雾缥缈如仙
想到一个叫信阳的地方
骄阳就会清凉下来
淮河的清秀
若隐若现
你可以远离夏天的毒
亲近茶香
在信阳你一定要
记得路径
记得擦身而过的美好
在夜晚来临时

寻找繁盛的灯火
或者你只记住一种味道
记住一个微笑
沿着花径回家
可以无拘无束地热爱
在方言中充满想象
你还可以把心交付出去
清空自己和以往
想到一个叫信阳的地方
就会想到一种幸福
想到君子之交浓淡总由他

此刻我只想停下来

现在
我被雅安的光洁吸引
被它名字里的
少安毋躁吸引
每一次的风吹草动
都四两拨千斤
暂时放弃命运的山高水长
放弃道路的诱惑
像一株鸽子树
理顺自己的羽毛
请让我随草木的韵律起舞
让我身体里的波浪
平静下来
今夜我是青衣江畔一个
不回家的人
擦肩而过的女子
有大麦的清香
她收藏起白昼的光芒

现在我只是雅安的雅
在廊桥里品一杯清茶
在小巷里深藏孤独
也许没有理由
这里的潮湿
暗合了我内心的潮湿
或者只是停下来
理一理挫折，轻轻放下
从前的千山万水

睡在内心深处的风景

在内心的更深处
一定有一群羊
眨着温柔的眼睛
被风吹起的羊毛让周围柔软下来
所有的沙子都是种子
等待一场突如其来的雨
等待月光挖开泥土
山河好大
这里的平坦正好可以晾晒传说
一群黄羊被鲜花唤醒
沙棘果托住梦境
谁的脚印永远留在这里
被风抚平，被岁月抚平
天空是一面镜子
照见处子的内心
新疆杨拉着新疆杨
所有的叶片一路高歌
沙打旺

在低处抱紧影子的冰冷
更深处，天会更蓝
会有小动物
充满理想和张望
它们祈求福佑
黄沙最终会成为种子
那些遗失的岁月
会沿着绿色回来

让时光慢下来

让时光慢下来
桨橹轻摇
走僻静的水巷
花格棱窗掩映着神秘
小桥上走散的脚步已隔千年
让时光慢下来
古戏台上的打斗
已然散去
夜色中灯光照着时间的空
酒楼上的酒味淡了
脂粉味淡了
朝代纸般薄脆
英雄美人是高挂的红灯
不甘寂寞
暗影里谁家的丝竹
演绎着悲欢
让时光慢下来
隔着今夜的夜色

城市依然在奔走
而此刻
小船把我摇回
外婆桥
幼时朦胧的美好
依稀可见

夜色是一个词的内部

小船空了
月光空了
掏出各样人生
船板放弃了挣扎
摇船女茉莉花的香味还在
水上空了
丝竹戛然而止
晚风空了
石阶上有一片水渍
一个词的内部是如此空旷
那些突然隐去的庞杂和凌乱呢
朱红的颜色已经斑驳
灰瓦上有了堆积的灰
这些都被夜色掩盖着
在夜晚一个词是真实的
黑影在角落里堆积
越来越浓
流水停在一个时刻
我更喜欢此时的周庄
只属于我一个人
用我一个人的呼吸把空洞填满

春天会找回我挚爱的山川

春天从东方来
沿路撒下连翘花、槐花
最先被自己的名字温润起来
一只鸟从仰天山飞起
洞穴里的溪流激活生命
雨水只是为了洁净而来
森林的浩荡漫山遍野
雪水转化为钟乳描摹
坚硬的开始柔软，蒙昧的开始明亮
这是一种蓬勃的征兆
一些美好的词汇站立起来
一路向东
玲珑山上的石头是密集的鼓点
春天会
找回我们挚爱的山川
找回大河与亲人
光荣与耻辱归于身后，时间开始膨胀
安静的湖水下面有火山就要喷发
蝴蝶兰也启程了
它小小的影子惹人怜爱

大白丈岩画

石头是坚硬的
在与岁月的磨合中
决不妥协
生活是柔软的
一些生活场景
保留着南田的细节
一只野兽被猎人射中
那种欢愉石头承载得住
一些美丽的花纹
装饰着生活的边缘
爱情是其中最美的部分
海水的冲刷
让石头有了盐的味道
文字的影子里朝代侧身而过
那些岩画是生了根的
大风大浪中
坚持着民族自己的生活
在攀登中把影子留下

在向往中把心愿留下
神秘的图腾
一定是未尽的诉说
它们矜持庄重
始终不改初衷

一直在襄阳

我一直在襄阳
喝汉江的水
吹着汉江的风
江水包容了
我的自私和狭隘
在檀溪路狭小的空间里
写诗、相爱、抚养儿女
襄阳就是我的安身之所
是我实际意义上的家乡和祖国
热爱女贞和紫薇像热爱我的恋人
爱上街边那些无欲无求的人
是他们
让时光安静下来
缓慢下来

风吹过东北平原

还有什么
能让我在这个黄昏闭口不语
我的亲人啊
这些风如刀子
重回少年，在黄昏拾捡粮食
在清晨被露水打湿
把命运再一次交给村庄
像一颗庄稼一样站在田野
那些风忽高忽低
我就被吹得起伏不定

因为简单更让我专注

我专注于
雾凇里闪亮的一点
当世界睡着了
它代替辽阔醒着
我也在深处
在死亡、嫉恨、担忧够不到的地方
回归简单可以不设防
在狭小的视野里安分守己
此刻可以不要杨柳清风
清风多少有些靠不住
只浅浅地飞，浅浅地
此消彼长。有时
我不能确定这是谁的梦
这极度的挥霍让我心神不宁
那就停在表面吧
等待被最终指认。冬天的遗址
一定有什么一去不回
那个手持莲花的人闭口不语

现在我只专注于闪亮的一点
像专注于一个结果
这简单的叙述，这寂寞的江湖
就要抵达纯棉的福祉
一匹白色的豹子突然就驯服了

箫声

如果摒弃杂念
只专注于远方
就会听到一阵箫声，舒缓空旷
携着河水的潮湿，有青铜的味道
甚至有文人的铁骨铮铮
帝王的霸气
扑面而来，令人窒息
在偶尔淡的似断处
就会看见
永济城里车流和人流、广告牌的张扬
那些人简单快乐、周而复始
就像一群鹳雀穿越风雨之后的闲适
这箫声是似曾相识的
一定是从墙上那首古诗而来
二十个字
让黄河千里，江山锦绣
尧舜躬耕田亩，黄帝刀凿斧劈
一群鸟的身后是尘世的烟火

是尘世中的相亲相爱
一些游客在生活的高处暂时把自己清空
把命运交付出去
只做一阵清风
穿楼而过
只做箫声中缠绵的一节
或者，只做高处

无法说出那些人的下落

那个持莲的女子

那个持莲的女子步步生莲
她走过的地方便是净土
荷叶覆盖江河
她与水的缘分就是与仙的缘分
那个持莲的女子姓“荷”
她的清雅去除世俗的污浊
清浅地微笑，慢挪罗裙
友善和健康便在乡间传递
那个持莲的女子沐浴宗教的光泽
女性的柔美就是佛性的柔美
四季轮回，天地清明
莲花是谁的眼睛，看尽世间兴衰
她不落泪只吐芳香
如果在黑夜那莲花就是灯盏
不要忘记那个持灯而行的人
不要忘记光亮是一种品德
她的家在何方
有一扇门无风自开

如果你心怀洁净
就会嗅到荷香
那个持莲的女子
会让命运的骄阳
逐渐平和下来

我无法说出那些人的下落

我无法说出羊群的下落
它们善良的
眼睛散作星星
还有风中的马匹驮着边境的安稳
那些盐现在是和邻邦
情感的一部分
是远山最浓重的部分
与青衣江水结合
生出新鲜的后代
还有那些布匹代替雅安的淳朴
在藏区行走
灰色的影子是一种平安
一杯茶里有风云变幻
有无法说出的秘密
一杯茶里有更广大的呼吸
一些人消失在闪电里
没有闪电的日子
他们把黑夜染黑

让黑夜更有质地
我无法说出那些人的下落
和那些如花似玉的日子
无法在那条窄窄的路上和他们
并肩而行
我和道路一同喑哑
无法说出前朝旧事
无法描述那样的喧嚣
可我真的想知道那些人的下落
想知道那些盐巴
是否方言中浓重的托腔

历史之上的形神兼备

铜像是一次刻意的挽留
那些砖瓦
搭建的楼阁便是身家性命
野蛮的战火
只相信摧毁的力量
文化深入骨髓
精美散而又聚。它们在高处
努力张扬美好
为一种思想和信仰
搭建墓碑
在心上搭一座高台
让宗教坐上来。那些最先来到的人
光芒四射
民族色彩缤纷
或者搭建在更深处
支撑塌陷
重阳殿是一口深井
隐藏更多秘密

全真七子沿北斗排列
指引内心
砖瓦是有记忆的
每一次钟声响起
都在为完整祈祷
一尊铜像静观繁华
那么多的道路相互缠绕
玉皇阁达到极致
它不说话只有传说卷地而来
信仰是无法摧毁的
民间是一座没有围墙的大殿
内心是一座没有围墙的大殿

历史闪烁青铜的光芒

历史从一把铜铸的剑开始
铜的光芒
就是英雄的光芒
一个叫蚩尤的人以头颅祭山河
铜剑的一部分化为铜鼎
英雄的血染红枫叶
身后的兵士
长成田野上的树木
蚩尤的身躯不倒
青铜剑的另一部分铸成农具
庶人在田垄间播撒种子
一些禽兽被圈养
剔除叛逆习性温顺
农具深入地下
问生计问温饱
英雄被涂成铜的颜色
让人敬畏

偶有农人吟唱四季五谷六畜

天下太平

阳光锈迹斑斑

风雨来时尚能听到磨剑之声

大乐依次响起

所有听到的人
都肃然起敬
编钟演奏着国统
琴瑟中有民间的喜怒哀乐
小作坊林立
子民们放下武器安居乐业
大乐中有大朝代的秩序
内心的法度
整齐划一
上孝父母，下慈子嗣
强盗被教化，乡邻无疑心
一些玉石
被敲打出音律
玉石的洁净
深入人心
音乐是一种指引
威严在上，法度在上
礼仪遍布四野

知天命尽人事敬神灵
土地生长太平盛世
在大乐中
孝友、勤劳、慎刑、无逸、戒酒
周即是圆
在大乐中整齐划一
止于礼止于教化止于乐
民众的文明小心翼翼
江山在大乐中
风生水起
所有的人都加入进来
世界依次美好

子在川上是一种实质

子的表情是静止的
子在上游大而化之
他一定是看到了改变的力量
看到了晃动和沉淀
看到了前进和消逝
川上有花凋落有花重生
子因而是安静的
他站在真理中看
往来和轮回
一些水由壮年到老年
子说出这句话一下就地老天荒
一块石头一定要以流水为参照
子把世界翻转过来或者浅尝辄止
子就要说出实质就要后浪推动前浪
一件事物的源头无比重要
天地有道
君子之心可鉴
一条河流转瞬即逝
子非子
而我一定就是我吗

竹林的风很瘦

竹林的风很瘦
瘦到只剩下
月光和金属的声音
那些诗文高过秋天
有琴声自内心涌出
无哀无乐
区别于市井的嘈杂
他们轻轻谈论
轻到未开口已内心明了
一盘棋
只有白昼和黑夜两枚棋子
只有淡然超然
一种结局
竹林的风吹过朝野
社会便很瘦
瘦得只剩下几根
文人的骨头
那个靠近真理的人已喝醉

背影模糊
曲高和寡的日子里
他们被风吹得更加瘦弱
像几个文字
更像几颗钉子

接受粮食的指引

与土地为亲
躬下身，注重节气
与天地合，风调雨顺喂养五谷
热爱稻黍，放下杀戮
让金属回归泥土
感知温润的抚摸
生命孕育
粮食在上
万民苍生在上
侍奉农业
在大地上娶妻生子繁衍生息
去蚕为丝织衣御寒
牲畜收藏起野性
受土地的约束
受命运的摆布
热爱稻黍
民俗与香火不绝
炊烟升起来

道德扶持百姓
泥土掩埋种子
泥土掩埋身躯
遍地夕烟
英雄远走他乡
热爱稻黍
接受粮食的指引
风清气正
家园是永久的信仰

叩拜汉字

从土地上抬起头来
看到了飞鸟
看到了自己的简陋和笨重
结绳记事的绳拖着岁月的沉重
一些鸟落下成为文字的一部分
一些鸟继续飞翔
记下时光的痕迹
文字多么高贵
文字的落下重如千钧
天落大雨众神拱手
在文明中行走
黄帝记下药方和尘世的痛
向文字叩拜
向最初的文明叩拜
帝王高高在上，文字闪闪发光
这些文字高傲无比
托举起历史
取山水的灵韵

植入民间的沧桑
让我以晨露洗手，面带虔诚
叩拜文字
叩拜一种智慧
拿出纸笔写下横平竖直
每个文字都是一个神
在凄风苦雨中
固本强基
让正义更加端正
让草木之心更加朴实无华

被清风临摹

——给书法家张海

墨汁是天地的源头吗
毛笔的走向
就是自然的走向
就是道法的走向
临摹天地，纳千古精髓于方寸
胸怀开阔，放眼千里
抱朴守拙，遒劲豪放
奔腾时有虎啸龙吟带动天地
收笔时云开风淡，鸟语花香
提起毛笔
就是世界的中心
任风雷滚动
他一定是大地上的一株植物
听懂了大地的呼吸
他仰望天空时
一定看到了理想
他的生命里布满了飞白和流韵

他写“昔人已乘黄鹤去，此地空余黄鹤楼”
一群黄鹤便在长空鸣叫
他写“天道”自然的道法，化云播日
他在运笔的结尾处
为自己寻一块空白
安放灵魂，安放乡情
站在那些字迹前
似有万千风云袭来
而他抱定内心，抱定最初的质朴
任清风临摹

鹧鸪戏中听取民间

鹧鸪戏和鹧鸪一同唱响
它的婉转与圆润像被河水洗过
像被二月的天空洗过
农人挥汗如雨之后
在生活中坐下来
看自己的影子被涂抹成颜色
花朵沿民间盛开
有人迎娶新娘
有人开始建造房屋
鹧鸪戏字正腔圆
一些英雄被留下来
鹧鸪的叫声留在农事里
农人按自己的喜好指点江山
有时会把他们心仪的美人入戏
日子高风亮节
穆桂英走后杨排风出征
远方便可高枕无忧
在梦里听一两声鹧鸪叫
预示晴朗的天气

瑞昌成染坊

瑞昌成开张的那天
一定是春天
满街嘈杂、喧闹的安静中
鲜艳的颜色
随心所欲地开了
戏楼的一角、绸缎的闪亮处
女人的内心
灰暗等待点染
夜晚存在梦想
沿途的槐花、栀子
染柔弱温顺的黄
薯莨染不温不火的棕色
穿长衫摇算盘，吟风雅颂的头颅
宽大袍袖的风带动着中国
而紫草、紫苏
可以在角落里神秘
锦衣玉食，饮葡萄酒弹西洋乐器
只有靛蓝和茜草是百姓的

蓝色坚固
与命运抗争与生活抗争面容憔悴
偶尔的红便是他们的节日
沿街泼洒，尽情挥霍
仿佛那就是幸福的顶峰
仿佛就是令人眩晕的快乐
历经风雨也不褪色

请允许我虚构无数个星空

耗尽热情和博大
我的星空装满真理和繁荣
我将虚构粮食和粮食照耀下的朝代
它的壮观美不胜收
为偌大的幸福感动
我也虚构无数个面孔
他们的往来成为河流
这里的灯光如群星
鲜艳的色彩正在高涨
在晨风中沐浴更衣
向着花开的方向
我的热爱顺着大路此起彼伏
复制盛景，复制那些微小的精致
像历史一样坚固和易朽
我用呐喊完成成长
像太阳有盛大的仪式
请允许我虚构无数个高贵的星空
装满最初的理想

一程一个春天
一路向西
结识更多的植物
驱赶寂寞和荒凉
让所有的生命都睁开眼睛
我将在宣言里耗尽自己

春天一样柔软的词汇

落日下的草

如果我是雨滴
也仅仅是为了
照出你深藏的无数个内心
如果我是夜晚
就安静地睡在你的边上
把河流铺在你的身下
让你的另一只脚刚好踩在岸上
如果我是一棵小树
请允许我
走在前面
为你小小的善良指路
最好我是另一棵小草
在时光中
爱上你的寂静
黄昏多么辽阔
是谁用盛大的幸福
将弱小一点点包裹

做一株植物是幸福的

还原草木之心
接纳河山的灵气
在低矮处守住一缕
洁净的风
自开自落绝不张扬
即使在高处
就与古道一同攀爬
在枫叶摇动的季节做恋人的影子
记住真爱
或者就与野猴对视
记住善良和羞耻之心
欢乐是如此简单
几步之内就是全部
或是在百丈漈的边上惊心动魄
由高处归于平淡，心境练达
记住精彩的细节记住花开的瞬间
与银钟花连香树福建柏天竺桂为伍
与小草交换内心

将脚下的土地爱了又爱
做一株植物是幸福的
或被洁净的雨水浇灌
内心充满草木的芬芳

世界最初的样子

一枚柠檬沉静的样子
像一个事件的完好如初
目的和过程已达成和解
一枚柠檬成熟前世界是不完整的
沟壑和伤口无处隐藏
那些错误还将延续下去
而柠檬是那么轻易地
使青春的苦涩和圆润天衣无缝
使黑夜和白天消解矛盾
我喜欢看一个少年
翻动一本书的样子
喜欢他轻声读出忧郁
那时山河巨大，风声会蛰伏下来
放弃语言放弃试图的表述
像一只虫子更好
它的快乐毫无理由

春天一样柔软的词汇

人们去往阳光的方向
暗影里有隔冬的残雪
鸟鸣洗净蓝天
我相信草木的力量
相信阳光的强大
从目光所及的地方开始
日子明亮柔和
从掏空内心的抑郁开始
生活充满激情
敞开胸怀接纳万物
一些词汇在头脑中变绿
友善、关爱、无私这些词汇像春江里的鸭群
最先啄破晦暗
在街头有人早起
打扫夜晚的污秽
这些词汇像一小段春天
像枝头最先绿起来的一段，循序渐进
想起温暖、真诚、信任这些词汇像花朵

勇不可当，横扫三月
在春天
道路也是洁净的
让许多人
轻易忘记曾经的渺小和龌龊

春天打开一扇门

多么慈悲的春天啊
阳光的宽容
布施给每一个生命
而把冬天的残酷
一带而过，轻易就原谅了
那些寒冷和死亡
它左手托着残雪
右手里的小草喊出了第一声爱
山河无边
十里长亭尽染柳色
你可以背对天涯
写一封家书
也可以站在阳光里
让影子忏悔
接受日月的洗礼
不轻言放弃，十里长亭有人等待
一杯淡酒

消解多少恩怨

也不要深藏内心的锦绣

春天的门

已然为你打开

春天的汹涌和辽阔

在新春的早上
用热爱再一次擦亮朝阳
这巨大的灯盏
此刻更加贴近主题
它的鲜艳是一种预示
收集一年的脚印做鼓点
迎接新春的到来
我走过的
山川的名字河流的名字
是去往春天的道路
我呼唤我的兄弟姐妹
就会有漫天的飞雪
请允许我说出谜底
说出岩石深处和内心的秘密
说出大地的锦绣
有一瞬间甚至想到了满满的月亮
和张开的怀抱，继而又被
春天的汹涌和辽阔覆盖

红灯笼指向日子的深处

红灯笼的饱满
就是激情的饱满
它在夜晚读懂全部的风情
这是流水最温柔的时刻
如胸怀收纳锐利的黑暗
红灯笼逢凶化吉
这里的诗文是温润的
高楼歌咏远山
一定会有曲径通幽
内心被四月扰乱
问梅亭问得空山寂寞
古戏台才子佳人各得其所
剑拔弩张
最终会化险为夷
这是江南细微的时刻
红灯笼将幸福放大
胭脂泪留人醉水向东
红灯笼是浪漫的

它让江山风物长宜
纸鸢随消息归来
红灯笼指向日子的深处
让每个迎面而来的
陌生都充满诱惑

感受一首词的气势

几乎是一气呵成
一首词的内部险象环生
对城市的描述耗尽了
所有的耐心，只是更加开阔
对一棵树的比喻微不足道
这里刚刚进行了一场交锋
一首词
在自己的光芒里充满期许
我们像一群围观的麻雀
在内心抱定自己的春天
读它的白昼
可以盛放雄心壮志
此刻的远方是一个虚词
无法还原细节，用呼吸去宽恕
用忽略虚拟流水
所有的生命都在飞翔
坚硬的变得柔软
粗糙的细腻起来

现在是一个
就要见分晓的时刻
万山层林忍住秘密
一首词在高潮戛然而止
被想象淹没
牢记命运的出口
迷惑也是单纯
或高山仰止或零落成尘
都无碍一首词的恢宏和磅礴

怀抱古旧的亲切

灰色的屋顶，像极了麻雀的翅膀
风一吹，温情便抖动起来
风是慢的
慢到吹在人的脸上就停住了
吹在人们的生活上
生活按部就班
慢到那些竹制的家具几百年都没有挪动一下
屋檐下的阳光抱紧灰色的院落
这古旧的亲切
好像我熟悉的长辈就住在里面
等我回来延续日子
我不希望有什么会突然打扰这种宁静
不希望在朴素如古井的心上
照进现实里的龌龊
在这古旧的日子中
如果非要植入颜色就选明亮一些的
比如那些红红的灯笼
比如小女孩头上的发卡
比如古道上的枫叶，每一次红了
都是新鲜的

嘘，安静

现在多么安静
白云的白
落到天鹅身上
野草敞开心事
草籽落到水里被鱼儿吃掉
野鸭子的梦连着马尾湖的梦
芦苇的空隙中季节挤来挤去
黑河像一个生命的巢穴
被安静包裹
黑鹤的嘴轻轻啄破
现在可以顺着水流的方向安置幸福
可以随波逐流
听凭命运的摆布
一只不知名的小鸟
灰褐色的身子在风中抖动
目光好像凝固了
一株草的身下曾是一片海洋

你看那两只水草深处的野鸭子
紧紧靠拢
它们幼稚的爱情
就是这个中午的全部

浅黄色

鹅绒般的风尘感
随时会被吹到边缘
它的轻
又及时拯救了它
不能再浅下去
它几乎就是底线了
再浅下去就会被
慌乱吞没
而再深一点点就会
演变为一次小小的险象
当你经历了创伤
浅黄色
就是恰当的安慰
当你恢复理性
这样的浅
让你及时返回
很多时候我们按部就班
浅黄色轻轻擦拭你的界限
让你不自觉就接近了
美好的边缘

我一直想把一首诗写成这样

口气是温和的
甚至矮下身
更像是一个不被关注的人
自言自语
必须说出真实的疼痛和真实的麻木
每一个词都是独立的
不依靠其他的词活着
我尊重傲慢的人
尊重他忽略掉细节的
大而化之
也跳过虚词
这些虚词带有一定的欺骗性
我没有写到的部分
一定是最好的
我没有把握
细枝末节会面面俱到
这首诗在属于谁之前
它拥有自己的甜蜜和疼痛

它的呼吸心安理得
不苟求光亮和鲜活生动
现在它还只是虚拟的
它的虚拟
已经把我折磨得筋疲力尽

一场雨和诵经声恰好暗合

雨水是有慧根的
听得懂佛陀的讲经说法
它落下的地方开出莲花
一滴雨水度一棵草木
晨钟暮鼓收拢着时光
世间万物在雨中安静下来
我爱那些砖瓦的虔诚
朱红的寺墙挡住了万般欲望
一场雨来得及时
和春天一同教化，穿越迷茫
如果听得懂林中的风声
你还可以听得懂万物的静
在朝阳寺，一场雨
和诵经声恰好暗合
和你的善良恰好暗合
和你对幸福和苦难的热爱恰好暗合

一只羊究竟有多从容

一只羊吃着青草
时光在它的背上暗下去
不断有青草长出来
青草从被吃掉到长出来
羊连头都没有抬一下
它把时光暗下去
当成了毫不相干的事情
如果你只专注于
一只吃草的羊
世界好像从来都没有过
一丝一毫的改变

民歌流传

低微处起板
就如生活从手边的劳动开始
有民歌的日子，风生水起
二拍子把一切苦乐归纳
三拍子的时候爱情
顺着山坡追逐白云
歌声中民居的屋顶升起炊烟，田园明亮
有人比拟草木
在民歌的高处
是春天最写意的地方
鸟鸣婉转瀑布飞溅
一些白鹇掠空而过
在民歌的高处，迎娶新娘
民乐合奏百鸟朝凤
接下来子嗣繁衍庄稼茁壮
在民歌的高处
万朵山花扑面而来

木排顺流而下
在民歌的高处
民风淳朴民心所向
生活大开大合痛快淋漓

春风沉醉的晚上

熏衣草的香味
午夜细微的虫鸣
这暗涌的潮湿
明月越来越高
高过笛声和树叶的私语
我知道这盈盈的时刻
会有故事悄悄进入情节
一些花独自开了又落了
多么让人伤心
可以虚拟结局
温暖的小屋子
怀抱幸福的人面容不再苍白
远山停在黎明
悄然若问候
这时候你会梦到一场秋霜吗
或是轻轻
吟出那首南乡子

身心净美

农人在田垄间挺直腰杆
数二十四节气
把曦光数得越来越亮
雨水在黎明前来临
落在屋后的田野上
雨水指引九月
做庄稼的儿子，与植物共同
流着大地的血脉
长清秀的果实
受大地的恩宠
让镰刀飞舞
把骨骼和血肉交出来
卸下思想和欲望
在草木的注视中走回草木
身心净美，不带一丝杂质
鸟鸣洗净蓝天
像九月一样自由自在

身心净美就能望见道路

望见家乡和祖先

身心净美

哪怕草木一秋

高粱　高粱

高粱站在大地上多么悲壮
所有的高粱一起在风中舞动多么悲壮
它们的头颅迎着时间的流水
高粱在风中的歌唱是空前绝后的
它们在歌唱中被阳光收割
身躯会成为另一株草
高傲而孤独的另一株草
整个大地都空下来的秋天
只有高粱的被割去头颅的身躯不倒
我的父亲在夕阳的田垄间
守着时间的残骸
他的悲壮不亚于一株高粱
他在收拾最后一株
高粱的身躯，之后向北张望
最小的儿子在城市的粮仓里
他的丑陋将不被接纳
岁月会将一切变成泥土
田野终将空空荡荡

而一株高粱倒下的地方定会
有一种仰望
粮食如雨，万民如雨
大地轻轻接纳
高粱高粱是我唯一的名字

一种叙述是优雅的

粤语是优雅的
着宽袍大袖走阳光大道
善大开大合
依傍观音山的翠绿
枝繁叶茂
模拟珠江的圆润
在雨水之后述说春天
像一位老人
收敛岁月的沧桑
它的杂音
被时间的指针剔除了
被民间的炊烟反复修改
一种语言
一定是带有山水的灵音
它的回声里有珠江流过
粤语存放着心跳和体温
存放着四季的表情
我喜欢看父老乡亲讲话的样子

像瀑布从高处奔流而下
或是像
夜晚一样轻柔
我喜欢看他们
不断描述美好的样子

在人群中感知淡淡的光芒

喜欢人多的地方

我想让很多很多的人
挤掉我的空虚
或者说
我的空虚里可以容纳很多人
尽管方向不同，心怀着
各自不可告人的目的
但至少此刻我们是有交集的
他们身上的烟火气
他们的忙碌甚至他们
匆匆的表情都让我踏实
现在一个人
一定挤掉了争吵的不快
他要去的下一个目标
神秘而期待
一个人
已经一无所有了
他看起来
脚步要轻快得多

一个人
仅仅是为了看不同的陌生的脸
仅仅是想知道不同的哀喜
怎样的生动，此时的
漫无目的多像目的明确
而我的表情一定看起来更像是
认认真真

在人群中感知淡淡的光芒

走在人群中是坦然的
我的影子
被阳光诵读出火热
接下来
会从高大读到矮小
会读到我身边的人和建筑
在下一个路口
晴朗的承诺会发出光来
即使妖娆后面有荒芜
即使黎明的后面还有黑夜的影子
被亲切深深吸引
他们是故事良好的开端
这个早上所有的蓝色
请记得提醒我向钟声致敬
向聚拢到一起的果实祝贺
我甚至忘记了
自己是一个有缺陷的人

想想与铁有关的言辞

突然就想到你的脾气
坚硬，尖锐
和你用过的扳手锤子
你的冰冷的疾病
突然就想到你的眼神
切开虚空
那么深远
越过工厂高大的厂房和围墙
就想到机台
那些庞大的躯体里坚硬的伤口
时间上的疼痛
一些针在缝补
听到一些人的名字坚硬无比
寒风敲打着铁轨
那些可爱的纺纱机织布机散发着汗水的味道
从漂亮的面孔到一生的幸福
都寄托在铁上
一群铁的言辞闪闪发光

厂房在月光里闪动着
平和的忧郁
我看见生命是秩序的
按着善良和忍耐
按着青春的模样
一群铁就不会老去
铁与铁的摩擦中发出声响
我是最后一道工序，让血液复活
按照铁的模样打造温暖和爱
在铁的气息中重回完美
比如：想一想与铁有关的言辞

一个叫廖继冰的人在换变压器

一台变压器的重量
就是十几个人汗水的重量
就是整个古店乡黑夜的重量
十几个工人喊着号子
整齐划一
一台变压器的陈旧和伤
已无法修复
离开后变压器会替代他们
送给山民温暖和光亮
我始终没有看清
那个叫廖继冰的人
黄色的安全帽比拟正午的太阳
十几个人的衣襟被风吹拂
有山民在喊
廖师傅廖师傅廖师傅
廖师傅就应一声
一碗水的热量在旷野里很快就散失
他始终埋头在变压器上

一些细节在这个上午有了
不同凡响的意义
使这个荒僻的山野
充满着生动和庄严
一台变压器的意义
就是不能停下来
然后将生活的压力变为责任
我喊廖师傅的时候
很多人都回过头来
其中的一个人
还摘下帽子，朝我挥了挥

一个被希望掏空的人

秋分之后

秋分之后
天气会凉下来
雨水阻断了回去的路
家在远方
雨水的尽头
家乡白亮亮的
在时间的河流之上模糊
秋分之后
所有的英雄都暗淡下来
传说与真相大相径庭
花朵开了也落了
果实是唯一的见证
把种子还给种子
把生命还给生命
善良和尊严
支撑无垠的大地
秋分之后
天空更加高远

让大地空出来
让大地上的丑陋空出来
偶尔的农人
倒像是风中的一份不安
或是一枚钉子
钉在骨头里
秋分之后
高粱在另一个地方集结
他们交出思想里的细碎
一些高粱迎风而立的地方
空出来了
秋分之后
每个人都将内心收紧

语言已死去

当我们说出来
世界就会改变
是意料之外的改变
像一条盲目的河流
正失去方向感
这巨大的虚空
正被语言填满
有时也被诺言绑架
当我们交流
一扇扇门将被关闭
所有的山峰都在下落
我们的拯救将是轻微的
毫无力量可言
甚至已经
耗尽满眼的空茫

光亮

这灯的光亮
并不告诉你奇迹
它只是复述
现在停顿了一下
一定是看到了
手的新鲜和词汇的新鲜
这轻而薄的光
自上而下自内而外
它就是真实
它的伤口也是真实的
在真实中
难免不被它所伤

在春天，我尽量让开道路

在春天到来之前
我已经柔软了
有巨大的光照在逼近
我身前的两棵树
多像是两道光芒
其实我说了假话
我的看起来庞大的身躯
已经开始腐朽
我是春天无法避开的噩梦
现在我只是夸张的
影子而已
那些嫩芽
将在我的速朽上生长出来
我会被歌声覆盖
相对于春天
我一定是倦怠而令人讨厌的

我是一个被希望掏空的人

无法说出一棵银杏的广大
它的每片叶子都是翅膀
它的气息让夏天的血管轻微扩张
它的光芒里同样容得下
儿女情长和小自私、小忧伤，容得下
一个人的单薄和猥琐
在它的光芒里充满方向感
让你不断靠近又微微战栗
我是一个被希望掏空的人
我的单薄
在光照里愈发显而易见
我是猥琐的，甚至不敢把
一小块阴影说出来
一棵银杏就是一个国度
它的高大是理想主义的
它的使命感凝重庄严
我需要看清高处的道路
哲理的面孔，默读银杏的叶子

默读天堂和灵魂
这一刻的事物那么明亮
有金属撞击的声音
看到光芒的锋利
这被照耀的幸福无与伦比
这神性的召唤归于自然
像一个人
持鞭先行驱赶着溃败
我的破绽漏洞百出

把一些细节大而化之

在这样的午后
一束火焰的熄灭让天空暗淡几分
接着会有另一片
更加灿烂的一片
怀抱着无限的热烈
这一片曾像秋天一样
堆满阳光的奢华
或许比一条大河还要饱满
这是银杏的一次深长的呼吸吗
我听到心跳
感到它微微的药性和微微的毒性
现在它把另一面朝向世界
把它的衰老袒露出来
这是碎了的阳光
和麦芒的影子一同消失
让天空一下空出很多

在“老木头咖啡”

一杯老木头咖啡
就把时光品旧了
粗狂的木头与笨拙的少年何其相似
古旧的味道，古旧的相聚
月河在这一刻静止抑或倒流
向一杯咖啡索取不合时宜的爱情
与风花雪月背道而驰
那些老木头曾经年轻
一片幼稚的树林，微苦的岁月
微病的身体，一触即逝的美好
老木头现在成为迟钝的厚重
夜晚最深的部分
只要昏暗的灯光
只要过时的歌曲
老木头坚持着老旧的底线
不与现实妥协
老木头咖啡馆在月河古街的一角
冷眼看着过往的红男绿女

看着流水把季节带走
一言不发
偶尔也会有陌生闯入
与爱情无关
老木头在缥缈的热气中敞开自己
其实木头的内心都是月河的波纹

我嗅出了某种气息

春天是唯一的通道
那么多的怒放挤在一起
死亡也是
实质性的抵达
每一个清晨都带着刀子
在拥挤中
完成赞美和终结
我是个理想主义者
喜欢浩荡和喧闹
甚至颜色的虚张声势
而在这些悲情面前
突然就放弃了
早已准备好的一切
突然就放弃了记忆

平行线

在铁轨上不会迷失
世界在铁轨的两侧各自完整
左侧是迷茫懵懂
右侧是奇异的夜晚
开不落的花
雨水温暖，爱情像
信号灯一样准时
我不能完全听懂那些蛐蛐儿
永无休止的呼唤
北斗在上
照耀经年的泪水
甚至遗忘了
一些小小停泊的理由
向前走，有谁能像我
轻易就说出
第一千零一盏灯火

强大是可耻的

如果要用去我所有的
时间或者尊严
如果呼吸不是自由的
我宁愿放弃全部的花开
放弃足够的辽阔
只守住自己的影子和
真诚就足够了
这一生的脚印
这一生的对错
都不去管了
如果我只记住了一滴水
那一定是最纯净的一滴水
我不是说强大是可耻的
我只是在努力放下
自己的虚荣

一只狼跳出漏洞百出的世界

一只狼的自由注定是悲剧
山林越来越远
勇敢被指责
一只狼的幻想几欲夭折
陷阱和铁索、笑容和杀机
这个世界软绵绵的
像生了怪病
一只狼的跃起带着血痕
更多的时候
山林退出春天
荒芜上堆着骨头
一些人来过
留下亲切的夜晚
这是个漏洞百出的世界
风声不断壮大
时间碎成玻璃
有谁知道哪一朵花的美好不是坟墓
在寂静中接受死亡的抽打
或是在静寂中破空而去

完美主义的情人节

去月河取一片月光

取一片月光
只要最初的那一片
印证爱情
只要最纯净的那一片
盛得下永生永世
最纯净的月光在月河里吟唱
此刻正游过踏月桥
游过白娘子的传说
用月河的水洗净目光
洗净初识你的一刻
看得清爱人的清纯和爱情的神圣
月河的灯今夜只燃一盏就够了
只照亮你一个人

爱情天梯

一

那些石阶是爱情的必经之路吗
在陡峭处凿出平坦，在险峻处凿出安逸
在世俗之外安放爱的悬念
你紧紧握着我的手
像两棵风中的树
春天只给了我们唯一的道路
亲爱
我们不能交付出身后的幸福
面对命运，只能交出
一点点交出力气和耐心
交出衰老和跌倒的痛
交出河流和积雪
在石阶上有你编织的花环和两三粒
饱满的种子
我怕这个春天风大

怕石阶上迟来的雨水
怕你的影子突然被雨水覆盖

二

石阶之上的天空必定是纤尘不染吗
每个人到达爱情的路是不同的
把白天凿出你少年的样子
在额头凿出思念
把大山的寂静全部给你
也给你夜晚的星星和倾诉
把所有树木的年华都给你
也给你我粗糙的手臂和攀援
只记住闪电
记住生命里的燃烧
记住野草
记住野草里苦味的清香
劈柴、担水、驱赶黑
如果有小兽来
我们把它当作亲人

三

在黑夜里凿出一条路
我在黎明等你

在冬天凿出一条路
我在花朵旁等你
如果我离开了
每个石阶
都能托住你日渐下沉的心
每棵树木的影子都有我们的约定
如果我在夜晚里消失
我一定是
变成另一块黑暗或者沉重的石头
但最有可能是月光
和你的心一起柔软下来
和小兽的呻吟一起柔软下来
用我的柔情
包裹你的柔情

四

其实我一直在凿春天的样子
好与你的美丽匹配
与你的不可复制匹配
我让石头说出
我见你第一眼时的激动和慌乱
六千阶，足够我一点点攀上
你的妩媚和清秀
你的左肩晃动着雨水和月光

让满山的虫鸣陪你唱
顺着你的歌声重活一次
老妈子，亲爱
现在你可以心满意足地下山了

五

现在我听到风声了
听到石头的呐喊了
荒野里的花在相互照亮
快了
我就要凿出你要的天堂了
把呵护凿成花纹
简单的日子
像流水般清澈见底
快了，我就要把我的名字
凿成你的呼吸
我们就要被这个春天喊出
花朵的力气
是微弱的
你攥着我的手
力气是微弱的

完美主义的情人节

从早开的水仙开始
从它的如履薄冰和先入为主开始
我想起一个不知名的女孩
她的问候卡通一样夸张
小惊喜不会再有了
你已经失去花样翻新的耐心
那就用眼神替代
用天气的由阴转晴替代
用橱窗里旁若无人的拥吻替代
这是个讲求实际的时代
也可以用满桌的菜肴暂时替代唠叨
只是在二月里
还要相互提醒别着凉
在一段熟悉的音乐里渐近黄昏
如果碰巧有烟花
那一定是完美主义的烟花
多么绚烂的落寂
多么冰凉的温暖

她指给我看迎春花

拉在一起的手越来越暖
在街的拐角
她突然就指给我看
一簇簇迎春花
黄色的小身子
每一朵都和另外的一些抱在一起
好像不是为了取暖
而仅仅是嬉笑打闹
高傲得有些自恋的小脑袋
旁若无人
在高楼与高楼厚重的疲倦当中
在我们矜持的爱情当中
它们的亮光无所顾忌
一群误闯入黄昏的天使
白色的小牙儿闪着洁净的光泽
脸蛋瓷一样细致
在街的一角
轻易就掀起一次小小的风暴

执子之手

亲爱的，我们烧柴取暖
背靠春天
在阳光中耕作生息
在有星星的夜晚
感叹机缘和幸运
我们甚至还可以回到从前
那么大一片油菜花
你可以
和一只蜜蜂一起沉醉一次
一句呢喃里
有无尽的江山
甚至踏遍青山
让荆棘划出伤口
让寒霜检验忠贞
让路途结识路途
直到面容模糊
空山不再有回声
当我们看遍了世间所有的风景
你和我约定
只看细水长流

敬畏石头

敬畏石头

保留一种声音
有时它模仿晴朗
让整个街区明亮起来
优美的弧线表明它的经历
这是一场胜利
那么多的石头相聚高歌
它们的呐喊质地绵密
一座城市需要尊重
第一个来到这里的人是神
开启未来和永恒
石头有贫者之美
它们生活的河流也有贫者之美
所有坚持下来的
必定被否定过无数次
石头的宿命遵从自然的
每一座建筑
都充满使命和庄重
快乐闪闪发光

这是一个背离传统的时代
石头是唯一的哲理
城市是一个理想主义者
而石头是照耀它的星斗

牡丹石

一群走失的牡丹
黑夜里的怒放是忘我的
成群结队地走失
就像我们在真理面前成群结队地走失一样
牡丹高高在上
它们的开放使日子吉祥
更加弱小的一群在屋檐下
它们天生丽质向往黑夜
另一些花朵在黑夜是盲目的
它们甚至在黑夜里犯罪
把计谋在内心重复一万遍
这群牡丹是黑夜里唯一的灯盏
白色的花区别于黑夜的黑
白色的招摇有些固执和不群
与另一群截然分开
一群写诗的人会找到它们
一群商人会让它们以另一种形式
花瓶花扇茶具得到宠幸
黑夜始终托举着它们
就像出身
就像土壤的黑

对一座山心悦诚服

对一座山心悦诚服
一定与岩石有关
它们的深处
有一些等待破译的密码
山上树木的余生
和这些岩石息息相连
这座山
一定还深藏无数的秘密
有风吹动
悬崖边险象环生
这座山是望向
春天的另一种角度
它不虚无不空洞
一些野果散发微微的甜味
像一些赞美落到实处

还有谁会比一块煤更加固执

它不言语，不去赞美
但它记得
内心里的河流
记得桃花妖娆的瞬间
有时混同于铁，将自己的骨头
敲出铮铮的声响
这是怎样的名字啊
坚硬而响亮
它们堆在一起
就是时光的山峰，无法翻越
有时散落在路旁
和雪混在一起，和污泥混在一起
它的高傲会及时拯救它
有时会被雕琢成光滑的美丽
它的黑和温暖扑面而来
让把玩的手
浸满沉重和汗水
更多的时候

还是在我们的脚下
深深的地下
怀抱炽热的情感
任时光打磨

尊重陶瓷

绝美的瞬间无以言表
泥土的涅槃
让陶瓷的歌唱异常响亮
去除浮躁去除粗糙
留下细腻和如水的明净
像爱情一样光洁
火在瞬间留下永恒
把泥土还原成美人
最初的光洁也是最后的光洁
陶瓷是一首易碎的歌
它的美要经历无数的风险
刀锋上的歌唱
脱俗绝尘与粗糙势不两立
它的高傲高高在上
它的孤独与生俱来
它的一生只能呐喊一次
成就这个绝美的瞬间
要靠机缘，要靠心和心的相通
微风会穿透它，到达春天的极限

珍珠的镇定可以收纳山河的凶险

珍珠的美德是无边的
它怀抱真理拒绝黑暗
比露珠更久地坚守
它的白拒绝污垢
它的感恩可以用光泽来诉说
它的光泽就是它的道德
内心无比强大
可以对抗一切的污浊和丑陋
它的镇定与生俱来
荣辱不惊，像一朵花
自始至终都淡然包容
再大的风浪都无法熄灭
心中的灯盏
再大的灾难它仍会顽强地重生
山河只是一粒微尘
而生命是无限大的
大到单纯和执着，大到热爱和热爱
珍珠的珍一定是珍重的珍

珍珠的珠化作万千吉祥
白昼是珍珠的影子
凶险只是吉祥的背面
茫茫尘世暗藏许多山河
而一颗珍珠的镇定
立地生根

紫砂的情怀

紫砂的性情是文人的性情
它的颜色代表心境
颜色深一些的泡红茶
在寒冷的季节滋养内心
浅一些的泡绿茶
让春天回归
当茶香升起时
就有明月和飘雪
就有豪气和广阔
一壶茶里江山无限美好无限
紫砂是温文尔雅的
它不急躁
一壶水从凉到开，紫砂始终淡然
书法附在它的上面
绘画附在它的上面
小小的方室就有了儒香
有时紫砂犹如宗教
大彻大悟

引领万物皈依
天气晴朗的日子
陪一壶紫砂便可重温记忆
走过山水
古朴灵巧的造型直逼内心的柔软
日子方则方
日子不规则
就菱形扁长形锥形方圆结合
有风声穿过紫砂
穿过对泥土的理解
和笃信

天地间一定举行过一场典礼

让建筑达到顶峰
自始至终都充满信心
每块砖瓦都尽善尽美
或者就是热爱和感动
这里一定进行过一场
盛大的典礼
所有的细节都被记录下来
高大的廊柱支撑理想
大门向东方开启
偌大的广场铺满水晶石和白玉石
一定有一个王朝盛装起舞
赞美是神的机智
那些灵感被挽留下来
在荒芜之上，在历史之上
一定有一群人出现过
他们借墙壁阻挡过
野兽和洪水，在旁门等待消息
在庭院享受天伦之乐

他们的典礼以黄昏为背景
会有周围的建筑加入进来
道路相连，内心相悦
满目的繁华让建筑闪闪发光

让纯粹覆盖

旧日时光尽显真诚
朴素的草木贴近尘世
它们的内心有新鲜的味道
让风暴停止，让狂热停止
在安静中延展向往
在安静中构筑脆弱的
爱情和安逸
海水的蓝更接近真实
沉默更接近纯粹
我无法逃避远路而来的诱惑
将自己置于一种情绪之中
等待更大的变革或更新
现在，请让我来打开世界
在一种大美中作茧自缚

下面说到盛大的花事

花朵的赞美声势浩大

它们在一夜间抢关夺寨
用浓烈的色彩和芬芳邀约着人群
错误的寒冷和弱小的差别都被吞噬
花朵的飞翔铺满想象
每一朵花都是孩子的脸
洁净而美好
它们只看到蝴蝶和蜜蜂
只看到春天的高处和高处的春天
它们的视野里流年似锦
它们的香是一种武器所向无敌
鲜艳照亮灰暗，照亮角落和内心
它们的奔跑比水流更快
比木栈道的延伸更快
蜂飞蝶舞的时节热闹占据主流
花期瞬间决堤
在水的边上，在生活的边上
那么盛大的花事让你无法忽略
莫名的鼓噪、激动，莫名的冲动

大地也在抖动，空气像玻璃
这时最好忍住内心的秘密
忍住冲口而出的赞美
一首诗的高潮，总会让人有些眩晕

或许暗淡，当被反复提及

背景模糊是安全的
尖锐的叫声被折弯
鲜艳是一种罪过
如果继续暗淡
就接近生活的真实了
没有主题
只有随波逐流的清闲
怀念别处
无法还原温度
那些让人不安的密谋都被做旧
现在我被暗淡安慰
如同被一盏盏点亮
终究会一盏盏熄灭
这些被反复提及的英雄已穷途末路
无力地握着风无力地热爱
圆满即是终止

洞悉即是极致

每一寸土地都可安身立命

就像我们反复提及的事物

我们也被生死偶尔提及

它要擦拭每个夜晚

它要擦拭更加深处的污秽
必须集合起全部的光亮
耗尽灿烂的光阴
夜晚无比厚重，像一个谜面
必得燃起大火
它的努力是八月最单纯的时刻
面孔光洁话语柔软
一些细小的情节若即若离
河水涨了高过堤坝
一千年的守身如玉
一千年只是光阴的开始
呼吸是均匀的
一片羽毛还没有落地
一种气味像一个词
逐渐就清晰了
田野的骨骼就是清晨的骨骼
我喜欢真实和离群索居
喜欢更加具体

慢慢就清晰了
河流的固执还有我的傲慢与无知
我是最缓慢的影子
一定挥霍了桂花无数的光阴

一群洁净的人从秋天出发

一群洁净的人从秋天出发
他们单薄的身子不带世俗的污浊
白色的手臂像白色的翅膀
洁净的风是他们唯一的语言
他们的心胸此刻只装着信仰
不与身旁的颜色达成默契
一群鸟从清晨飞出，单纯是他们的旗帜
雨将事物还原
这一群洁净的人坚守着道德
篱笆后面是另一片江山
寒冷的覆盖让另一些人收起念头
重阳过后故园远去
高贵和孤单曲高和寡
清高暗淡的歌声是这个早晨唯一的希望
这一群人朝着太阳抬起固执的头颅
在路上就会有精彩
就会带动洁净的风
从缤纷中穿过而又坚持唯一的香
就如这个清晨
我们随在一群菊花之后出发

桃花的身影不算矜持

雁栖湖是春天汇集的地方
小小的桃花轻盈起舞
一些人放弃沉重就如雁栖湖放弃冬天
石板上有溪水
它的轻柔如一段京韵西皮
孩子最富想象力
他们是另一群桃花
远山的桃花还在路上
之后还会有合欢和银杏
它们的身影更矜持一些
湖水清澈，春天无比洁净
一群大雁的叫声
是另一群桃花
白天鹅会在傍晚带来爱情的消息
你可以去划水
水里的蓝天和幸福更近一些

每一朵花都是佛的样子

让浮躁安稳下来
让那些鸟飞回巢穴
风随处栖身
如果没有桂花的光亮
你一定看不清真实的面容
看不清幸福和虚荣
而桂花千年前一定是水
不断地聚敛阳光修炼
不去问发生了什么
每一块石头都是那么决绝
修炼过往
用尽草叶的影子
用尽所有的小路
在黑暗中说出美
在春天新生
修炼嘴唇
闭口不谈艰辛
像流水一样无知和永恒

继续信任和荒芜
不再有野心和雄心
这小小的花朵
是盛大的浮现
需要默念多少遍
“你若把自己的心量放大，
你就与世界合二为一”

桂花的语言多像瀑布

肆无忌惮地渲染
火苗一样的柔软
它们的轻就是所有的光芒
我的热爱就是我的饱满
言无不尽
请让我在一朵花或者另一朵花里辽阔无尽
承认宣泄的快感
被柔软强暴着
被灯盏指引着
这是通往天堂的另一种方式
自己的心不再锋利
围绕着道路和凌乱
围绕着淹没和赞美
现在我大声喊醒自己
不认命运只信野火
这桂花的语言就是天堂的样子
每一棵树都是阶梯
每一个快乐都擦拭着尘埃

我的手指指向更高
一切都会瓜熟蒂落
那些瀑布多像火焰
正在一点点
烧弯这金色的光芒

这些花儿，让我更加杂乱无序

美好被喂养在风险中
说出绝句之后再无花期
在中年遇到一些花
不是很好的事情
像一匹马爱上驰骋
我和江山心意相通
这满树的黄花心思正乱
一定有人辜负前程
一定有人云淡风轻
在浅黄里隐去个性
在洁白里一目了然
美好是一个大而化之的词语
也包括黑暗和伤痛
包括孤寂和漫漫无期
这一次的花开
曾经沧海，这一次的花开只是轮回
我们互不相欠
只是结局不同

在中年遇到一树繁花就是
遇到数不清的惊险
让我本已杂乱无序的和缓
重新一发不可收拾

菊花将秋天托举得更高

菊花的高贵冲天而起
菊花的影子躲过赞美
宽大的叶片托举着它的孤傲
菊花会将秋天延长
一阵秋风之后高扬着手臂
菊花是诗人的骨气
秋风在路上紧紧相逼
菊花的白和黄还有粉红
怀抱着真诚
从八月到十月它们将心中的爱和祈福
都交付出去，影子
越来越瘦直至软弱无力
秋天越来越瘦
直至在风霜中露出骨头
菊花的香气是另一种骨头
支撑起天空
支撑起高远和辽阔
支撑起文字的洁净

一首诗从始至终都经受着风霜
诗人是另一朵菊花
他们站立的地方是风霜最先吹打的地方
菊花的吼声高昂明亮
唯有菊花
到达过最远的秋天
秋天只为菊花而生而灭

水是无法叙述的

涛声或者风声或者内心的细碎

把自己过成一缕风
它的轻等同于漫不经心
可以忽略掉也可以掀起革命
或者生存仅仅是生存
像涛声过后的大海
忘记也是一种哲理
或者像珍珠坚守内心的细碎
它看到过无数黑夜
所有的黑夜是不同的
它也听到风声和涛声
只有珍珠听得懂
它将牢记变为沉默
江山无限任打磨
将贝的身体打磨成河床
将石头打磨成沙
一定有一个神在做这件事
它不断地改变
不断地将希望和恨一同植下

一个贝就是一个祭坛
一个灵魂就是一个祭坛
是的，我将安于命运
安于命运的细碎

此刻，我想到水

我看到了运河水
和命运的光泽
历史是一种规律
在形而上展示美德
水是无法被尘封的
桃花没有陈旧和新鲜之分
就像亲人的忽远忽近
这个春天肯定不是另一个春天
扬花三月青春年少
对最初的鸟鸣抱有幻想
从一朵芍药上升腾起雄心和野心
今晚随一曲《广陵散》
所有的月亮都开了
一些水历经桥头已难为水
恰似一把虚度的光阴
此刻我看到流水的宽容
看到那些花替它说出生死
看到古旧的小巷
风干的韵脚
正被流水抚平

一滴水的禅

一滴水多么安静
收纳鸟鸣，收纳莲花塘
一尾鱼就是参悟
披起云雾，日落丹霞，日雨长虹
它有时
就是一叶草一个渔人的微笑
或许它也是
高高堆起的钱塘江大潮
横扫一切势不可当
一滴水的禅是无限的
从一滴水中领略江山的秀美
才是真懂江山
真懂生命
一滴水中的日出充满朝气
一滴水中的回归洗尽沧桑

一出戏恰逢其时

掌握分寸和火候
就掌握了粮食的品德高洁
酿酒的人家风纯正
能把竹林的清风酿出节律
一杯酒暖了历史
一出戏恰逢其时
唱念做打
咫尺之间放大细节
一出大戏高潮迭起
忠良被民心认领
贪腐被时间指成泥土
一出大戏和一杯酒
有异曲同工之妙
尽得风流
喝过好酒又看过大戏的人韵味十足
他的叙述有酒的香味
又有莲花的清醒
不会随波逐流且充满激昂

在一出戏里身手不凡
掀动历史的一角
酒香修补漏洞
它练习的手指小心翼翼
那些最好的雨水和文化
落得不急不缓
恰如一些人的登场
心淡如菊

一滴酒的全部

一滴酒可以做山河之主
脱胎换骨或悲欢离合
完成轮回
一滴酒醇厚无比
取夜晚的神秘和花朵经历的风雨
酿出的
那么多的赞美之后
江山无限，醉眼中家国有佳人
红粉褪尽还复来
一滴酒离家万里
亲人无消息，春天已失
一滴酒
可以将自己放在窗前任时光清洗
收获五万里的光阴和繁华
那句随口而出的
誓言
千年后刮骨疗毒

那些古法是智慧的

古法的按部就班
一丝不苟是对快速和忽略的抵制
它的慢让事物发酵
它的慢是对生活的一种尊重
结果举重若轻
它熟知事情的整个过程
一滴酒把人品截然分开
我看见那些古法充满
善良和爱心
它们的品性决定了酒的品性
决定一场风暴的甜蜜程度
在古法的香味中延续美好
捕捉光影中的灿烂
聆听粮食的亲切
回忆从头再来
古法是智慧的，它们在一种
过程中游刃有余
把民间酿成真理
没有冲淡，只有品味

出海的人还没有回来

日影在这里也是旧的
和古旧民居的旧握手言和
小草是新鲜的
民居里走出的孩子是新鲜的
厚重的木门虚掩着历史
阳光照进缝隙照在古旧的院子里
碑上的文字复原成景致
堂屋里的长辈目光亲切
这一定就是大海的故乡
被陈旧的海风吹过的人
一定就是我的父母
他们结网捕鱼，俯下身育子
小岛的美丽是大海哺育的
牌楼高耸，腥咸的海风被阻挡
出海的人还没有回来
阳光幽静
古民居和自己倾诉

石头和岛上的山峰倾诉

有一条小路伸出日影伸向大海

窗口偶尔闪过的笑脸

苍老而美丽

渔灯如此安静

波涛白雪般堆积在港口
它们的狂怒曾搅动大海
现在安静下来
有白帆顺风而去
鱼汛在梦里喧哗
那激动人心的鱼汛是大海的分娩
渔灯明亮，守望者潮来潮往
守望着蒲门山花开花落
在夜晚它的深沉和博大
可以装得下整个岱山岛，装得下整个大海
像一位老渔人经历九死一生的风浪后
那种淡定坚实生根
渔灯在高处，自始至终关注着生活
它的光亮就是渔人的家
当它在桅杆顶端升起，整个大海
就是渔灯光亮那么大
渔人的梦就是光亮那么大
渔人的生活就是渔灯光亮那么大

有渔灯升起的日子
渔人是满足的，大海是平坦的
在渔灯的光亮里
渔歌嘹亮，鱼儿听从召唤
渔灯昏暗的日子
老人们怀抱逝去的日子
比海岛还要安静
渔灯的光是一种叮嘱是一种延续
大海需要坚守
而渔灯的光是如此意味深长

哦，那些苦涩后面的清香

静下来
静成金鸡山、金竹坪上的一块石头
荣辱不惊
与茶一同领略山上的风雨
需要低于茶
向茶的灵性致敬
谦卑地向一种文化低头
需要放下全部
让自己成为一杯透明的水
需要品出
茶叶的叶脉和满山的虫鸣
需要从石羊河漫水河太阳河的
源头品起
需要把阳光品成清凉
把烦躁品成露珠
然后就可以进入到一种境界了
进入到“瓦壶天水菊花茶”的境界了

进入到“茶歌乡语，身回故园”的境界了
然后便可以触及茶的苦涩
哦
那些苦涩后面的清香

水是无法叙述的

被高处的马尾松和低处的芦苇
赞美过了
被过往的船只和对岸
赞美过了
遗留的波纹，淡然从容
被庙宇里佛陀的目光打量过了
被一炷香从头到尾祝福过了
被岩石模仿过了
岩石的忠贞来源于水
如果对着辽阔呼喊
水比呼喊更加辽阔
水在历史中穿行，它的形状
就是历史的真实
有一处秋风
吹拂旧日的容颜
就有一场雨洗刷心境
水是无法叙述的
点到为止

它月光中的样子千古只一回
有那么多的水似曾相识
它们与我
相看两不厌